Thirty-Eight
LATIN STORIES

5th Edition

Designed to Accompany

Wheelock's Latin

(6th Edition Revised)

Composed By
Anne H. Groton and James M. May

Bolchazy-Carducci Publishers, Inc.
Mundelein, Illinois USA

General Editor
Laurie Haight Keenan

Cover Design & Typography
Adam Phillip Velez

Thirty-eight Latin Stories
Designed to Accompany Wheelock's Latin

Anne H. Groton and James M. May

Bolchazy-Carducci Publishers, Inc.
1570 Baskin Road
Mundelein, IL 60060 USA
www.bolchazy.com

Fifth editon, 1995
Reprinted with corrections, 2004

Printed in United States
2009
by United Graphics

ISBN 978-0-86516-289-1

Library of Congress Catalog Number
86-71229

FOR OUR STUDENTS AT ST. OLAF COLLEGE

FOREWORD TO THE FIFTH EDITION

These thirty-eight Latin stories are designed specifically for use with Frederic M. Wheelock's *Latin: An Introductory Course Based on Ancient Authors.* The first eighteen are our own compositions, often inspired by Ovid; each recounts a tale from classical mythology. The last twenty are adaptations of passages (ones that we find interesting as well as instructive) from Caesar, Catullus, Cicero, Horace, Livy, Petronius, Pliny, Quintilian, Sallust, Terence, and Vergil. Poetry has been recast as prose. We have drawn heavily upon Cicero since he is the author most frequently represented in Wheelock's Locī Antīquī and Immūtātī, for which our stories, gradually increasing in complexity, are intended to be preparation. For the most part, the vocabulary and the grammatical constructions used in each story are those to which students would have been introduced by the time they reached a particular chapter in Wheelock; any unfamiliar words or constructions are explained in the marginal notes, which also supply background information necessary for understanding the stories. To aid students, we have marked all long vowels with macrons and included a glossary at the back of the book.

It is our hope that these stories, most of which we have already used with success in our beginning Latin classes at Saint Olaf College, will be a valuable supplement to an excellent textbook and will help students make the transition from memorizing vocabulary and grammatical rules, to reading and appreciating "real" Latin. We are grateful to our anonymous reader, who generously donated his time and expertise to make the stories as free of errors and barbarisms as possible; any mistakes that remain are our own.

In our third, revised edition we have endeavored to incorporate the suggestions of several friends and colleagues (especially Richard A. LaFleur and Stephen G. Daitz) who have used this book in their classes. To that end we have added a table of contents, a short introduction to each story, line-numbering, and vocabulary inadvertently omitted in the previous editions.

We have opted to include only a few additional grammatical glosses. It is our conviction that in order for our students to learn to read Latin more effectively, they must, as soon as possible in their careers, confront passages that, though difficult, are nevertheless representative of Latin syntax and idiom.

Finally, we have attempted to rid the text of typographical errors and to supply any missing macrons.

We are indebted to John T. Ramsey of the University of Illinois at Chicago, whose suggestions for improving our book provided the impetus for this fourth, revised edition.

Publication of a new edition of *Wheelock's Latin* by Richard A. LaFleur has led us to revise our book of readings once again. The early stories now contain more verbs in the imperfect tense (previously not introduced until chapter 15), while the later stories contain more numerals (previously not introduced until chapter 40). Thanks to the longer vocabulary lists in the revised Wheelock, we have had to gloss fewer words than before.

It has not been necessary to replace any of our original thirty-eight selections with a different story. Our most drastic revision, the opening of "Hannibal and the Romans Fight to a Draw," involves just two sentences and results in a version more faithful to Livy's style and diction.

We appreciate the thoughtfulness of Prof. LaFleur in keeping us informed of his progress and sending us the proofs of his sixth edition, revised, so that we could prepare our fifth edition.

TABLE OF CONTENTS

Pandora's Box (Wheelock Chapters 1–3)	2
The Tragic Story of Phaëthon (Ch. 4)	4
The Adventures of Io (Ch. 5)	6
The Curse of Atreus (Ch. 6)	8
Cleobis and Biton (Ch. 7)	10
Laocoön and the Trojan Horse (Ch. 8)	12
Nisus and Euryalus (Ch. 9)	14
Aurora and Tithonus (Ch. 10)	16
Ulysses and the Cyclops (Ch. 11)	18
A Gift Bearing Greeks (Ch. 12)	20
Echo and Handsome Narcissus (Ch. 13)	22
Europa and the Bull (Ch. 14)	24
How the Aegean Got Its Name (Ch. 15)	26
The Wrath of Achilles (Ch. 16)	28
The Myrmidons (Ant People) (Ch. 17)	30
A Wedding Invitation (Ch. 18)	32
The Judgment of Paris (Ch. 19)	34
The Labors of Hercules (Ch. 20)	36
The Golden Age Returns (Ch. 21)	38
Cicero Reports His Victory over Catiline (Ch. 22)	40
Watching the Orator at Work (Ch. 23)	42
Caesar's Camp Is Attacked by Belgians (Ch. 24)	44
The Character of Catiline's Followers (Ch. 25)	46
The Virtues of the Orator Cato (Ch. 26)	48
Old Age Is Not a Time for Despair (Ch. 27)	50
Two Love Poems by Catullus (Ch. 28)	52
Quintilian Praises the Oratory of Cicero (Ch. 29)	54
Pliny Writes to His Friends (Ch. 30)	56
Lucretia: Paragon of Virtue (Ch. 31)	58
Vergil Praises the Rustic Life (Ch. 32)	60
The Helvetians Parley with Caesar (Ch. 33)	62
Sallust's View of Human Nature (Ch. 34)	64
A Conversation from Roman Comedy (Ch. 35)	66
A Crisis in Roman Education (Ch. 36)	68
Horace Meets a Boorish Fellow (Ch. 37)	70
Cicero Speaks about the Nature of the Soul (Ch. 38)	72
Cicero Evaluates Two Famous Roman Orators (Ch. 39)	74
Hannibal and the Romans Fight to a Draw (Ch. 40)	76
Glossary	78

PANDORA'S BOX

GRAMMAR ASSUMED:

Verbs; The First & Second Conjugations: Present Infinitive, Indicative, & Imperative Active;
Nouns & Cases; First Declension;
Agreement of Adjectives;
Second Declension: Masculine Nouns & Adjectives; Apposition

WHEELOCK: CHAPTERS 1–3

The story of Pandora and her curiosity is one of the most famous tales from classical mythology. Hesiod, an ancient Greek writer, presents this version of the myth in his long didactic poem, ***Works and Days.***

Īapetus duōs fīliōs, Promētheum et Epimētheum, habet. Promētheus est vir magnae sapientiae; Epimētheus est vir sine sapientiā. Iuppiter Epimētheō bellam fēminam, Pandōram, dat. Promētheus Epimētheum dē Pandōrā saepe
5 monet: "Ō Epimētheu, errās! Perīculum nōn vidēs. Nōn dēbēs fēminam accipere." Epimētheus Pandōram amat; dē perīculō nōn cōgitat. Iuppiter Epimētheō arcam dat; nōn licet arcam aperīre. Sed Pandōra est cūriōsa: "Quid in arcā est? Multa pecūnia? Magnus numerus gemmārum?"
10 Fēmina arcam aperit. Multae fōrmae malī prōvolant et errant! Sed Pandōra spem in arcā cōnservat. Etiam sī vīta plēna malōrum est, spem semper habēmus.

VOCABULARY:

Īapetus, -ī, m.: Iapetus, one of the 12 Titans, children of Earth (Gaea) and Heaven (Uranus)

duōs: two

Promētheus, -eī, m.: Prometheus; the name means "one who thinks ahead"

Epimētheus, -eī (vocative **Epimētheu**), m.: Epimetheus; the name means "one who thinks afterwards"

Iuppiter, Iovis, m.: Jupiter, king of the gods (3rd declension)

bellam: pretty, charming

Pandōra, -ae, f.: Pandora, first woman ever created; made by Vulcan at Jupiter's command; given beauty, skills, intelligence, and other gifts by each of the gods; her name means "the all-gifted one"

perīculum, -ī, n.: danger (2nd declension neuter) *5*

accipiō, -ere, -cēpī, -ceptus (3rd **-iō** conjugation): to receive, accept

arca, -ae, f.: box, chest

licet: it is permitted (+ infinitive)

aperiō, -īre, aperuī, apertus (4th conjugation): to open; **aperit** = she opens

cūriōsa: curious, inquisitive

gemma, -ae, f.: jewel, gem

malum, -ī, n.: bad thing, evil, misfortune (2nd declension neuter) *10*

prōvolō (1): to fly out, rush forth

spēs, speī (accusative **spem**), f.: hope, the one good thing in Pandora's box; it remains there forever, helping to make human life bearable (5th declension)

etiam (adverb): even

plēna: full (+ genitive)

THE TRAGIC STORY OF PHAËTHON

GRAMMAR ASSUMED:

Second Declension Neuters;
Adjectives;
Present Indicative of **Sum;**
Predicate Nouns & Adjectives; Substantive Adjectives

WHEELOCK: CHAPTER 4

This myth illustrates the foolishness of attempting a task before one is prepared for it.

Phaëthon est fīlius Phoebī. Amīcus Phaëthontis dē fāmā dīvīnae orīginis dubitat: "Nōn es fīlius deī. Nōn habēs dōna deōrum. Nōn vēra est tua fābula." Magna īra Phaëthontem movet: "Fīlius deī sum! Phoebe, dā signum!"
5 vocat Phaëthon. Phoebus puerum auscultat et sine morā volat dē caelō. "Ō mī fīlī, quid dēsīderās?" Phoebus rogat. "Pecūniam? Sapientiam? Vītam sine cūrīs?" Respondet Phaëthon, "Habēnās habēre et currum sōlis agere dēsīderō." Ō stulte puer! Malum est tuum cōnsilium. Nōn dēbēs
10 officia deōrum dēsīderāre. Phoebus fīlium monet, sed puer magna perīcula nōn videt. Equī valent; nōn valet Phaëthon. Currus sine vērō magistrō errat in caelō. Quid vidēmus? Dē caelō cadit Phaëthon. Ō mala fortūna!

VOCABULARY:

Phaëthon, -ontis (accusative **-ontem**), m.: Phaëthon (3rd declension)
Phoebus, -ī, m.: Phoebus, the sun-god
dīvīnus, -a, -um: divine
orīgō, orīginis, f.: origin (3rd declension)
dubitō (1): to doubt, be doubtful
deus, -ī, m.: god
fābula, -ae, f.: story, tale
moveō, -ēre, mōvī, mōtus: to move
signum, -ī, n.: sign, proof

auscultō (1): to listen to, hear *5*
volō (1): to fly
caelum, -ī, n.: heaven, sky
dēsīderō (1): to desire
rogō (1): to ask, inquire
respondeō, -ēre, -spondī, -spōnsus: to answer
habēna, -ae, f.: strap; (plural) reins
currus, -ūs (accusative **-um**), m.: chariot (4th declension)
sōl, sōlis, m.: the sun (3rd declension)
agō, agere, ēgī, āctus (3rd conjugation): to drive

equus, -ī, m.: horse *10*
cadō, -ere, cecidī, cāsūrus (3rd conjugation): to fall; **cadit** = he falls

THE ADVENTURES OF IO

GRAMMAR ASSUMED:

First & Second Conjugations:
Future & Imperfect;
Adjectives in **-er**

WHEELOCK: CHAPTER 5

A myth that explains the reason behind a natural phenomenon, as the following story does, is called "aetiological."

Iuppiter, rēx deōrum, pulchram Īō amābat, sed īram Iūnōnis metuēbat. Mūtāvit igitur fōrmam Īōnis: "Iūnō nōn
fēminam, sed bovem vidēbit," Iuppiter cōgitābat. Iūnō nōn
stulta erat: "Habēsne dōnum, mī vir? Dabisne bellam
5 bovem Iūnōnī? Dā, sī mē amās!" Iuppiter igitur Iūnōnī
bovem dedit. Cum bove remanēbat magnus custōs, Argus.
Argus centum oculōs habēbat. Mercurius Argum superāvit, sed Īō nōndum lībera erat: malus asīlus cum bove
manēbat. Īō errābat per terrās; multōs populōs vidēbat, sed
10 vēram fōrmam suam nōn habēbat. Misera fēmina! Habē-
bisne semper fōrmam bovis? Nōnne satis est tua poena?

Īra Iūnōnis nōn perpetua erat: Iuppiter Īōnī hūmānam
fōrmam dedit; tum Īō fīlium genuit. Centum oculōs Argī
vidēbitis in caudā pāvōnis.

VOCABULARY:

Iuppiter, Iovis, m.: Jupiter (3rd declension)
rēx, rēgis, m.: king (3rd declension)
deus, -ī, m.: god
Īō, Īōnis, Īōnī, Īō, f.: Io, a Greek maiden (3rd declension)
Iūnō, Iūnōnis, Iūnōnī, f.: Juno, Jupiter's wife (3rd declension)
metuō, -ere, metuī (3rd conjugation): to fear
mūtō (1): to change; **mūtāvit** = he changed (perfect tense)
bōs, bovis, bovī, bovem, bove, f.: cow (3rd declension)
erat: she was (imperfect tense of **est**)

5

dedit: he gave (perfect tense of **dat**)
cum (preposition + ablative): with
custōs, -tōdis, m.: guard, watchman (3rd declension)
Argus, Argī, m.: Argus, large monster
centum (indeclinable adjective): one hundred
Mercurius, -iī, m.: Mercury, the messenger-god
superāvit: he conquered, overcame (perfect tense of **superat**)
nōndum (adverb): not yet
asīlus, -ī, m.: gadfly
per (preposition + accusative): through
terra, -ae, f.: land, country

10

suus, -a, -um: her own
miser, misera, miserum: unfortunate, wretched
nōnne: introduces a question expecting a positive answer
perpetuus, -a, -um: perpetual
gignō, -ere, genuī, genitus (3rd conjugation): to produce, give birth to; **genuit** = she gave birth to (perfect tense)
cauda, -ae, f.: tail
pāvō, pāvōnis, m.: peacock (3rd declension)

THE CURSE OF ATREUS

GRAMMAR ASSUMED:

Sum: *Future & Imperfect Indicative*
Possum: *Present, Future, & Imperfect Indicative; Complementary Infinitive*

WHEELOCK: CHAPTER 6

The sad fate of Atreus and his family was a popular subject in ancient literature, especially Greek and Roman tragedy.

Fīliī Pelopis erant Atreus Thyestēsque. Thyestēs uxōrem Atreī corrumpit; tum Atreus vitium invenit et tolerāre nōn potest. Īnsidiās igitur contrā frātrem cōgitat: "Sum plēnus īrae! Quārē fīliōs parvōs meī frātris necābō secābōque. Tum
5 membra coquam et Thyestae cēnam dabō." Necat puerōs; Thyestēs suōs fīliōs mortuōs in mēnsā videt. Ō miser Thyestē! Nihil nunc habēs. Sed, ō Atreu, propter tua magna vitia fīliī tuī magnās poenās dabunt. In animīs fīliōrum tuōrum manēbit tua culpa antīqua; erit perpe-
10 tua. Quid dēbēmus dē tuīs īnsidiīs cōgitāre, ō Atreu? Tuam īram nōn poterās superāre; mala igitur erit semper tua fāma. Tē tuamque vītam paucī bonī laudābunt, sed multī culpābunt.

VOCABULARY:

Pelops, Pelopis, m.: Pelops, mythical Greek king (3rd declension)
Atreus, -eī (vocative **Atreu**), m.: Atreus (2nd/3rd declension)
Thyestēs, -ae (vocative **Thyestē**), m.: Thyestes (1st declension)
corrumpō, -ere, -rūpī, -ruptus (3rd conjugation): to seduce
uxor, uxōris (accusative **-em**), f.: wife (3rd declension)
inveniō, -īre, -vēnī, -ventus (4th conjugation): to find, discover
tolerō (1): to bear, tolerate
contrā (preposition + accusative): against
frāter, -tris (accusative **-trem**), m.: brother (3rd declension)
necō (1): to kill
secō, -āre, secuī, sectus: to cut up

membrum, -ī, n.: limb, part of the body *5*
coquō, -ere, coxī, coctus (3rd conjugation): to cook; **coquam** = I will cook
cēna, -ae, f.: dinner, meal
suus, -a, -um: his own
mortuus, -a, -um: dead
mēnsa, -ae, f.: table
miser, misera, miserum: unfortunate, wretched

CLEOBIS AND BITON

GRAMMAR ASSUMED:

Third Declension Nouns

WHEELOCK: CHAPTER 7

The Greek historian Herodotus records this tale; statues sculpted in honor of Cleobis and Biton can be seen today in the museum at Delphi.

Cleobis Bitōnque erant fīliī Cȳdippēs. Cȳdippē erat sacerdōs deae Iūnōnis. Vidēre magnam statuam Iūnōnis Cȳdippē dēsīderābat. Sed procul erat statua, et Cȳdippē ambulāre nōn poterat; puerī bovēs nōn habēbant. Cleobis
5 Bitōnque Cȳdippēn amābant; ipsī igitur plaustrum tractābant. Labor erat arduus, sed fīliī Cȳdippēs rōbustī erant. Nunc Cȳdippē statuam vidēre poterat; quārē Iūnōnī supplicāvit: "Ō pulchra dea! Cleobis Bitōnque bonōs mōrēs et virtūtem habent. Dā igitur meīs fīliīs optimum praemium."
10 Propter precēs Cȳdippēs Iūnō puerīs sine morā mortem sine dolōre dedit. Cleobis Bitōnque nunc beātī in perpetuā pāce sunt.

VOCABULARY:

Cleobis, -is, m.: Cleobis, a Greek youth
Bitōn, -ōnis, m.: Biton, Cleobis' brother
Cȳdippē, -ippēs, -ippae, -ippēn, f.: Cydippe
sacerdōs, -dōtis, f.: priestess
Iūnō, -ōnis, f.: Juno, queen of the gods
statua, -ae, f.: statue
dēsīderō (1): to desire
procul (adverb): far away
ambulō (1): to walk
bōs, bovis, m.: ox

ipsī: (they) themselves (m. pl. nominative) *5*
plaustrum, -ī, n.: wagon, cart
tractō (1): to pull
arduus, -a, -um: steep, difficult, hard
rōbustus, -a, -um: strong, hardy
supplicō (1): to pray to (+ dative object); **supplicāvit** = she prayed to (perfect tense)
optimus, -a, -um: best
praemium, -iī, n.: reward

prex, precis, f.: prayer *10*
mors, mortis, f.: death
dolor, -ōris, m.: pain, grief
dedit: gave (perfect tense of **dat**)
beātus, -a, -um: happy, fortunate

LAOCOÖN AND THE TROJAN HORSE

GRAMMAR ASSUMED:

Third Conjugation:
Present Infinitive,
Present, Future, & Imperfect Indicative, Imperative

WHEELOCK: CHAPTER 8

This story is the source of the well-known adage "Beware of Greeks bearing gifts."

Graecī cum Trōiānīs bellum gerēbant. Magnum equum ligneum sub portīs urbis Trōiae nocte relinquunt. Trōiānī equum ibi inveniunt. "Graecī equum Minervae dēdicant," dīcunt. "Sī dōnum Graecōrum ad templum deae dūcēmus, 5 pācem habēbimus et vītam bonae fortūnae agēmus." Sed Lāocoōn, sacerdōs magnae virtūtis sapientiaeque, audet populum monēre: "Sine ratiōne cōgitātis, ō Trōiānī! Sī cōpiae in equō sunt, magnō in perīculō erimus. Numquam dēbētis Graecīs crēdere, nam Graecī semper sunt falsī." 10 Tum equum hastā tundit. Īra Minervae magna est; dea duōs serpentēs ex marī mittit. Ō miser Lāocoōn! Tē tuōsque duōs fīliōs malī serpentēs strangulant! Trōiānī deam timent; equum in urbem dūcunt. Ratiō Lāocoöntis Trōiānōs nihil docet.

VOCABULARY:

cum (preposition + ablative): with
Trōiānī, -ōrum, m. pl.: Trojans, inhabitants of Troy, an ancient city in Asia Minor
equus, -ī, m.: horse
ligneus, -a, -um: of wood, wooden
urbs, urbis, f.: city
Trōia, -ae, f.: Troy
nox, noctis, f.: night (ablative **nocte** = at night)
relinquō, -ere, -līquī, -lictus: to leave behind
inveniō, -īre, -vēnī, -ventus (4th conjugation): to find, discover
Minerva, -ae, f.: Minerva, Roman goddess, corresponding to the Greek goddess Athena
dēdicō (1): to dedicate
dīcō, -ere, dīxī, dictus: to say
templum, -ī, n.: temple

5

Lāocoōn, -ōntis, m.: Laocoön, priest of Neptune at Troy
sacerdōs, -dōtis, m.: priest
crēdō, -ere, -didī, -ditus: to trust (+ dative object)
nam (conjunction): for
falsus, -a, -um: false, deceitful

hasta, -ae, f.: spear (ablative **hastā** = with a spear) *10*
tundō, -ere, tutudī, tūnsus: to hit, strike
duōs: two (m. pl. accusative of **duo, duae, duo**)
serpēns, -entis, m.: snake, sea-serpent
marī: ablative of **mare, maris,** n., sea
mittō, -ere, mīsī, missus: to send
miser, misera, miserum: unfortunate, wretched
strangulō (1): to strangle, choke
timeō, -ēre, timuī: to fear, be afraid of
in (preposition + accusative): into

NISUS AND EURYALUS

GRAMMAR ASSUMED:

Demonstratives **Hic, Ille, Iste;** *Special* **-īus** *Adjectives*

WHEELOCK: CHAPTER 9

The legendary friendship between Nisus and Euryalus is the subject of a moving episode in the ***Aeneid,*** *Vergil's great Roman epic.*

Aenēās Trōiānōs contrā Rutulōs dūcēbat. Dum nox erat et cōpiae dormiēbant, ducēs Trōiānōrum in castrīs cōnsilium habēbant. Ad hōs Nīsus Euryalusque, iuvenēs Trōiānī, audent venīre. "Ō magnī virī," dīcit Nīsus, "sī mē cum
5 Euryalō ad castra Rutulōrum mittētis, nōn sōlum multōs hominēs necābimus, sed etiam multam praedam ex illīs rapiēmus; somnus enim istōs habet." "Animōs virtūtemque hōrum iuvenum laudō!" exclāmat Iūlus, fīlius Aenēae illīus. "Valēte!"

10 Nunc veniunt Nīsus Euryalusque in castra Rutulōrum. Necant ūnum, tum multōs aliōs. Euryalus ōrnāmenta ūnīus, galeam alterīus, rapit. Cum hāc praedā fugiunt. Sed Volcēns, dux Rutulōrum, illōs Trōiānōs videt et aliōs Rutulōs vocat. Splendor istīus galeae illōs ad
15 Euryalum dūcit. Nīsus hunc in perīculō videt et audet amīcum servāre. Necat Volcentem, sed iste anteā Euryalum necat. Tum aliī Nīsum vincunt; hic super corpus Euryalī cadit.

Hanc fābulam tōtam Vergilius scrībet et hīs Trōiānīs
20 fāmam perpetuam dabit.

VOCABULARY:

Aenēās, Aenēae, m.: Aeneas, famous Trojan, ancestor of the Romans

Trōiānus, -a, -um: Trojan; **Trōiānī, -ōrum,** m. pl.: the Trojans, former inhabitants of Troy, now trying to establish a new home in Italy

contrā (preposition + accusative): against

Rutulī, -ōrum, m. pl.: Rutulians, ancient inhabitants of Latium, the area of Italy around Rome

nox, noctis, f.: night

dormiō, -īre, -īvī, -ītus (4th conjugation): to sleep, be asleep

dux, ducis, m.: leader

castra, -ōrum, n. pl.: camp (military)

cōnsilium, -iī, n.: meeting for deliberation, planning session

Nīsus, -ī, m.: Nisus, a Trojan soldier

Euryalus, -ī, m.: Euryalus, a Trojan soldier

iuvenis, -is, m.: young man, youth

veniō, -īre, vēnī, ventus (4th conjugation): to come

dīcō, -ere, dīxī, dictus: to say

cum (preposition + ablative): with

mittō, -ere, mīsī, missus: to send *5*

praeda, -ae, f.: loot

rapiō, -ere, rapuī, raptus (3rd **-iō** conjugation): to snatch

somnus, -ī, m.: sleep

exclāmō (1): to cry out, call out

Iūlus, -ī, m.: Iulus, son of Aeneas

10

ōrnāmentum, -ī, n.: decoration, fancy clothing

galea, -ae, f.: helmet

fugiō, -ere, fūgī, fugitūrus (3rd **-iō** conjugation): to flee

Volcēns, -entis, m.: Volcens, Rutulian leader

splendor, -ōris, m.: brightness, shine

15

anteā (adverb): before, earlier

super (preposition + accusative): above, on top of

cadō, -ere, cecidī, cāsūrus: to fall (dead)

fābula, -ae, f.: story, tale

Vergilius, -iī, m.: Publius Vergilius Maro (70–19 B.C.), a renowned Latin poet

AURORA AND TITHONUS

GRAMMAR ASSUMED:

*Fourth Conjugation & **-iō** Verbs of the Third*

WHEELOCK: CHAPTER 10

*This myth features a supernatural transformation like those described by the Roman poet Ovid in his colorful **Metamorphoses.***

Aurōra dea Tīthōnum, virum pulchrum, amābat. Venit igitur ad Iovem: "Ō rēx deōrum," dīcit, "audī mē! Meus Tīthōnus nōn est deus; post paucōs annōs ad senectūtem veniet. Sī vītam perpetuam huic dabis, tē semper laudābō."
5 Stulta Aurōra! Magnum perīculum illīus dōnī nōn vidēs. Immortālitātem Tīthōnō dat Iuppiter, sed ille, dum vīvit, senēscit. Tempus fugit: nunc Aurōra bella, Tīthōnus nōn bellus est. Corpus rūgōsum curvumque iam nōn valet; sapientia in animō nōn manet. Quid Aurōra faciet? Pote-
10 ritne fōrmam Tīthōnō restituere? Cōgitat et cōnsilium capit: "Ō Tīthōne, mī amor! Tē vertam in cicādam; tum garrīre sine culpā poteris. Hāc in caveā vīvēs, et tē semper amābō."

VOCABULARY:

Aurōra, -ae, f.: Aurora, goddess of the dawn
Tīthōnus, -ī, m.: Tithonus, a Trojan prince
Iuppiter, Iovis, m.: Jupiter, king of the gods
annus, -ī, m.: year

5

immortālitās, -tātis, f.: immortality
senēscō, -ere, senuī: to grow old
rūgōsus, -a, -um: wrinkled
curvus, -a, -um: curved, bent
iam nōn (adverb) = no longer

restituō, -ere, -stituī, -stitūtus: to restore *10*
vertō, -ere, vertī, versus: to turn, change
cicāda, -ae, f.: cricket, grasshopper
garriō, -īre, -īvī, -ītus: to babble, make incomprehensible sounds
cavea, -ae, f.: cage

ULYSSES AND THE CYCLOPS

GRAMMAR ASSUMED:

Personal Pronouns **Ego, Tū, & Is;**
Demonstratives **Is & Īdem**

WHEELOCK: CHAPTER 11

This memorable tale about the blinding of Polyphemus comes from the ***Odyssey,*** *one of the two great Greek epics attributed to Homer.*

Post bellum Trōiānum venit Ulixēs cum XII virīs ad terram Cyclōpum. In cavernā bonum cāseum inveniunt. Dum eum edunt, Cyclōps Polyphēmus in eandem cavernam magnās ovēs dūcit et Graecōs videt: "Quid vōs facitis in
5 meā cavernā? Poenās dabitis, sī mala cōnsilia in animō habētis." "Trōiā nāvigāmus," Ulixēs eī dīcit. "Quid tū nōbīs dabis?" Polyphēmus autem exclāmat: "Stulte! Quid vōs, tū tuīque cārī, mihi dabitis?" Sine morā paucōs virōs capit editque! Tum rogat, "Quid tibi nōmen est?" Ulixēs respon-
10 det, "Nēmō." Dum somnus Polyphēmum superat, Graecī īnsidiās faciunt. Tignum in flammā acuunt et in oculum istīus mittunt. Ō miser Polyphēme! Tibi nōn bene est. Aliī Cyclōpēs veniunt, sed vērum perīculum nōn sentiunt: "Nēmō mē necat!" Polyphēmus vocat. "Bene!" iī dīcunt.
15 "Valē!" Graecī igitur ex cavernā fugere possunt. Caecus Cyclōps haec verba audit: "Valē! Ego nōn Nēmō, sed Ulixēs sum!"

VOCABULARY:

Trōiānus, -a, -um: Trojan
Ulixēs, -is, m.: Ulysses, a crafty Greek hero
Cyclōps, -ōpis, m.: Cyclops, a one-eyed giant
caverna, -ae, f.: cave
cāseus, -ī, m.: cheese
edō, -ere, ēdī, ēsus: to eat
Polyphēmus, -ī, m.: Polyphemus, name of a Cyclops
ovis, -is, f.: sheep

5

Trōia, -ae, f.: Troy, city in Asia Minor (**Trōiā** = ablative of place from which)
nāvigō (1): to sail
exclāmō (1): to cry out, call out
rogō (1): to ask, inquire
respondeō, -ēre, -spondī, -spōnsus: to answer

10

somnus, -ī, m.: sleep
tignum, -ī, n.: log, stick, trunk of a tree
flamma, -ae, f.: flame
acuō, -ere, acuī, acūtus: to sharpen
miser, misera, miserum: unfortunate, wretched
bene est: it goes well, things go well (for someone)

caecus, -a, -um: blind *15*

A GIFT BEARING GREEKS

GRAMMAR ASSUMED:

Perfect Active System of All Verbs

WHEELOCK: CHAPTER 12

The Trojan Horse was one of the most ingenious military stratagems of all time.

In Asiā erat magna urbs, Trōia. Ibi rēx Priamus vīvēbat. Paris, fīlius illīus, Helenam, pulchram fēminam Graecam, cēperat. Propter hoc vitium multī Graecī ad Asiam vēnerant et diū cum Trōiānīs bellum acerbum gesserant. Mūrōs 5 autem urbis superāre nōn potuerant. Sed tum Epēus, ūnus ex Graecīs, eīs hoc cōnsilium dedit: "Sī magnum equum ligneum faciēmus et Trōiānīs dabimus, eōs vincere poterimus; Graecōs enim in equō condiderimus."

"Nōs bene docuistī," Graecī dīxērunt et istās īnsidiās 10 sine morā fēcērunt. Post bellum Aenēās, dux Trōiānus, dīxit, "Cōpiās in equō nōn vīdimus; eum in urbem dūximus. Graecī igitur nōs vincere potuērunt. Dī fortūnam malam praesēnserant et nostrā ex urbe fūgerant."

VOCABULARY:

urbs, urbis, f.: city

Trōia, -ae, f.: Troy, ancient city in Asia Minor

Priamus, -ī, m.: Priam, king of Troy

Paris, -idis, m.: Paris, one of Priam's sons

Helena, -ae, f.: Helen, most beautiful woman in the world, stolen from her Greek husband Menelaus by Paris, a Trojan prince

Trōiānus, -ī, m.: a Trojan, citizen of Troy

mūrus, -ī, m.: wall

Epēus, -ī, m.: Epeus, a clever Greek soldier *5*

equus, -ī, m.: horse

ligneus, -a, -um: of wood, wooden

condō, -ere, -didī, -ditus: to hide, conceal

Aenēās, -ae, m.: Aeneas, famous Trojan, survivor of Trojan War *10*

dux, ducis, m.: leader

praesentiō, -īre, -sēnsī, -sēnsus: to perceive beforehand

ECHO AND HANDSOME NARCISSUS

GRAMMAR ASSUMED:

Reflexive Pronouns & Possessives; Intensive Pronoun

WHEELOCK: CHAPTER 13

This myth is the source for the modern term "narcissism."

Narcissus erat bellus puer. Multae puellae eum amābant; nūllam ex eīs ille amābat. Ipse sē sōlum dīligēbat et vītam in silvīs agēbat. Nympha Ēchō Narcissum diū amāverat, sed suum amōrem eī numquam dīcere potuerat: sōlum
5 verbum ultimum alterīus reddere poterat. Sī Narcissus vocāvit, "Tūne es hīc?", Ēchō vocāvit, "Hīc!" Sī ille "Ubi es? Venī!" dīxit, illa "Venī!" dīxit. Sed Narcissus ad eam nōn vēnit, et Ēchō igitur nōn diū vīxit. Āmīsit corpus tōtum; vōcem autem eius etiam nunc audīmus.

10 Intereā Narcissus suam imāginem in stagnō vīdit et oculōs suōs āmovēre nōn poterat. Magnō amōre suī superābātur. Tempus fūgit; eōdem locō remānsit Narcissus. Amīcī illīus eum invenīre nōn poterant. Ante ipsum stagnum, ubi ille fuerat, nunc erat bellus flōs. Nōmen huius in
15 perpetuum erit Narcissus.

Hominēs nōn dēbent sē nimis amāre.

VOCABULARY:

Narcissus, -ī, m.: Narcissus, a vain youth
silva, -ae, f.: forest, wood
nympha, -ae, f.: nymph, demi-goddess
Ēchō, -ūs, f. (4th declension): Echo, a beautiful nymph

ultimus, -a, -um: last, final *5*
reddō, -ere, -didī, -ditus: to give back, repeat
hīc (adverb): here
āmittō, -ere, -mīsī, -missus: to lose
vōx, vōcis, f.: voice
10
intereā (adverb): meanwhile
imāgō, -ginis, f.: image, reflection
stagnum, -ī, n.: pool of water
āmoveō, -ēre, -mōvī, -mōtus: to move away
magnō amōre: ablative of means ("by a great love")
superābātur: imperfect passive of **superō** ("he was overcome")
eōdem locō: ablative of place where
flōs, flōris, m.: flower

EUROPA AND THE BULL

GRAMMAR ASSUMED:

I-*Stem Nouns of the Third Declension;*
Ablatives of Means, Accompaniment,
& Manner

WHEELOCK: CHAPTER 14

Jupiter uses one of his standard tricks—changing his form—to win the love of a beautiful maiden.

Eurōpam, fīliam Agēnoris, Iuppiter, rēx deōrum, vīdit. Victus amōre eius, dīxit, "Sine hāc bellā fēminā ego nōn poterō vīvere. Sed quid agam? Haec virgō, sī eam vī superābō, mē nōn amābit, et Iūnō, uxor mea, sī īnsidiās
5 meās inveniet, mē castīgābit. Arte igitur Eurōpam ad mē dūcere dēbeō."

Iuppiter sibi dedit fōrmam taurī. Cum celeritāte ē suā arce in caelō per nūbēs ad terram cucurrit. Eurōpa cum suīs amīcīs errāverat in loca remōta. Ad hās vēnit ille
10 magnus taurus. Fūgērunt aliae puellae; sōla Eurōpa (nam animālia semper amāverat) remānsit cum taurō. Collum eius suīs bracchiīs Eurōpa tenuit; sine morā trāns mare ille eam trāxit!

Eurōpa perīculum sēnsit et exclāmāvit, "Ō!" Dīxit
15 Iuppiter, "Bella fēmina, nūllae malae sententiae sunt in meō animō. Nōn taurus, sed deus ego sum. Nōn mors, sed fāma glōriaque tibi venient, nam tuum nōmen magnī poētae cum meō iungent."

VOCABULARY:

Eurōpa, -ae, f.: Europa
Agēnor, -oris, m.: Agenor, king of Tyre in Phoenicia
Iuppiter, Iovis, m.: Jupiter
victus, -a, -um: conquered, overcome
quid agam? what should I do? (deliberative subjunctive)
Iūnō, -ōnis, f.: Juno, wife of Jupiter

castīgō (1): to punish, chastise
taurus, -ī, m: bull *5*
celeritās, -tātis, f.: speed, swiftness
arx, arcis, f.: citadel, fortress
remōtus, -a, -um: removed, distant, remote
10
collum, -ī, n.: neck
bracchium, -iī, n.: arm
exclāmō (1): to cry out, call out

HOW THE AEGEAN GOT ITS NAME

GRAMMAR ASSUMED:

Numerals; Genitive of the Whole;
Genitive & Ablative with Cardinal Numerals;
Ablative of Time

WHEELOCK: CHAPTER 15

In this myth a victory by the Athenian hero Theseus is tarnished by the tragic event that follows.

Athēnīs vīvēbant Thēseus eiusque pater, rēx Aegeus. Illō tempore cīvēs rēgī īnsulae Crētae poenās dabant: septem puerōs et eundem numerum puellārum ad eum mittēbant. Hae quattuordecim victimae Mīnōtaurō suās vītās dabant.
5 Suō patrī Thēseus dīxit, "Hunc malum mōrem tolerāre nōn possum! Ego ipse Mīnōtaurum nōn timeō. Istum inveniam et, sī poterō, meīs vīribus vincam. Dīs meam fortūnam committō. Alba vēla vidēbis, ō mī pater, sī mortem fugiam." Itaque Thēseus sē cum aliīs victimīs iūnxit et trāns
10 mare ad Crētam nāvigāvit. Ibi suō labōre Mīnōtaurum superāre et arte Ariadnae, suae amīcae, fugere poterat.

Aegeus suum fīlium in scopulō diū exspectāverat; nunc nāvem ipsam suī fīliī vidēre poterat. Sed vēla nigra, nōn alba sunt! Stultus Thēseus suum cōnsilium memoriā
15 nōn tenuerat; vēla nōn mūtāverat. Miser Aegeus sine morā sē iēcit in mare "Aegaeum."

VOCABULARY:

Athēnae, -ārum, f. pl.: Athens (**Athēnīs** = ablative of place where)
Thēseus, -eī, m.: Theseus, great Greek hero from Athens
Aegeus, -eī, m.: Aegeus, Theseus' father, king of Athens
īnsula, -ae, f.: island
Crēta, -ae, f.: Crete, large island south of Greek mainland
victima, -ae, f.: sacrificial beast, victim
Mīnōtaurus, -ī, m.: Minotaur, a half-man, half-bull creature kept in the labyrinth of Minos, king of Crete

tolerō (1): to bear, tolerate *5*
albus, -a, -um: white
vēlum, -ī, n.: sail

nāvigō (1): to sail *10*
Ariadna, -ae, f.: Ariadne, Cretan princess, daughter of King Minos; Theseus takes her with him, then abandons her on the island Naxos
scopulus, -ī, m.: rock, cliff
nāvis, -is, f.: ship
niger, nigra, nigrum: black
memoriā: ablative of means

Aegaeus, -a, -um: Aegean *15*

THE WRATH OF ACHILLES

GRAMMAR ASSUMED:

Third Declension Adjectives

WHEELOCK: CHAPTER 16

*Achilles' anger at Agamemnon is one of the major themes of the **Iliad,** Homer's monumental Greek epic.*

Achillēs nōn sōlum vir fortis potēnsque, sed etiam Thetidis deae fīlius erat. Ille cum Agamemnone aliīsque Graecīs Trōiam vēnerat et bellum longum difficileque gesserat. Sed nunc post novem annōs īra ācris eum movēbat; nam
5 fēminam captīvam eī cāram Agamemnōn sibi cēperat. Itaque Achillēs mātrem suam vocāvit: "Iuvā mē!" In marī Thetis eum audīvit et ad eum cucurrit: "Tuās sententiās intellegō, mī dulcis fīlī," dīxit. "Omnēs Graecī tē magnō in honōre habēre dēbent; sine tē enim Trōiānōs vincere nōn
10 possunt. Cōgitā haec: sī nunc hōc ex bellō fugiēs, tibi erit parva glōria, sed vīta longa; si autem hōc locō manēbis, magnam glōriam inveniēs, sed tuam vītam āmittēs."

"Ō beāta māter, bonum animum habē!" dīxit Achillēs. "Omnibus hominibus vīta brevis est. Ego ipse celerem
15 mortem nōn timeō. Hōc locō nōn manēbō, sed quoniam ingēns īra mē tenet, bellum nōn geram." Quam magna est vīs īrae!

VOCABULARY:

Achillēs, -is, m.: Achilles, best of the Greek warriors

Thetis, -idis, f.: Thetis, sea-nymph married to the mortal Peleus

Agamemnōn, -onis, m.: Agamemnon, leader of the Greek army at Troy

Trōia, -ae, f.: Troy, an ancient city in Asia Minor; **Trōiam** = accusative of place to which

moveō, -ēre, mōvī, mōtus: to move

captīvus, -a, -um: captive, taken as part of the spoils during the Trojan War *5*

eī: construe with the adjective **cāram**

honor, -ōris, m.: honor

honōre habēre: to hold (someone) in respect, esteem

10

hōc locō: ablative of place where

āmittō, -ere, -mīsī, -missus: to lose

bonum animum habē: be of good cheer, take heart

THE MYRMIDONS (ANT PEOPLE)

GRAMMAR ASSUMED:

The Relative Pronoun

WHEELOCK: CHAPTER 17

Thanks to a miraculous metamorphosis, the population of Aegina is restored.

Aeacus ōlim regēbat Aegīnam, quae nōmen suum cēperat ā nōmine mātris Aeacī, quācum Iuppiter sē in amōre iūnxerat. Iūnō, quae malōs mōrēs Iovis numquam tolerāre potuerat, hoc factum sēnsit et memoriā tenuit. Multōs post 5 annōs omnibus quī in īnsulā Aegīnā vīvēbant mortem mīsit. "Ō Iuppiter pater," Aeacus vocāvit, "Iūnō meum populum tōtum dēlēvit! Iuvā mē, fīlium tuum, quem amās et quem neglegere nōn dēbēs." Deus eum audīvit et sine morā coepit formīcās in hominēs mūtāre! Itaque Iuppiter, 10 cui nihil est nimis difficile, virōs fēmināsque fēcit parvīs ex animālibus. (Vēritātemne dīcō, an nōn?)

Fīlius Aeacī erat Pēleus, cuius fīlius erat ille Achillēs, dux Myrmidonum.

VOCABULARY:

Aeacus, -ī, m.: Aeacus

Aegīna, -ae, f.: Aegina, a Greek island, also a woman's name

Iuppiter, Iovis, m.: Jupiter, king of the gods

Iūnō, -ōnis, f.: Juno, Jupiter's wife

īnsula, -ae, f.: island *5*

formīca, -ae, f.: ant

10

an: or (introduces second part of a double question)

Pēleus, -eī, m.: Peleus, who left Aegina to be king of Thessaly

Achillēs, -is, m.: Achilles, greatest Greek warrior

dux, ducis, m.: leader

Myrmidonēs, -um, m. pl.: Myrmidons, "ant people," the Greeks ruled by Achilles in Thessaly, who fought with him at Troy

A WEDDING INVITATION

GRAMMAR ASSUMED:

First & Second Conjugations: Passive Voice of the Present System; Ablative of Agent

WHEELOCK: CHAPTER 18

Announcing the marriage of Peleus and Thetis! They are destined to become the parents of Achilles, greatest of the Greek warriors who fought at Troy.

Salvēte, ō dī deaeque! Noster amīcus Pēleus magna cōnsilia habet; nympham Thetidem in mātrimōnium dūcet. Vōs igitur ā mē, Iove, ad Thessaliam vocāminī. Exspectāte bonōs lūdōs et dulcēs epulās. Dēbētis autem dē hīs perī- 5 culīs monērī: I. Quoniam Pēleus mortālis est, animus eius terrēbitur sī nimis potentēs vidēbimur; II. Quī audet sine dōnō venīre, ā mē castīgābitur. Legite genera dōnōrum quae laudābuntur ab omnibus quī ea vidēbunt.

Tū sōla, ō dea Discordia, nōn vocāris, nam ā nūllō 10 amāris. Sī veniēs, omnis deus in Olympō īrā movēbitur. Inter amīcōs discordia nōn dēbet tolerārī.

Poenae dabuntur ab eō deō quī suum officium negleget. Valēte!

VOCABULARY:

Pēleus, -eī, m.: Peleus, legendary king of Thessaly
nympha, -ae, f.: nymph, demi-goddess
Thetis, -idis, f.: Thetis, sea-nymph, mother of Achilles
mātrimōnium, -iī, n.: marriage
Iuppiter, Iovis, m.: Jupiter, king of the gods
Thessalia, -ae, f.: Thessaly, region of northern Greece
epulae, -ārum, f. pl.: feast, banquet

5

castīgō (1): to punish, chastise
Discordia, -ae, f.: discord, disagreement, here personified as a goddess

Olympus, -ī, m.: Mount Olympus, home of the gods *10*

THE JUDGMENT OF PARIS

GRAMMAR ASSUMED:

Perfect Passive System of All Verbs; Interrogative Pronouns & Adjectives

WHEELOCK: CHAPTER 19

Paris' fateful decision leads ultimately to the Trojan War.

Dea Discordia, quae sōla ad nūptiās Pēleī Thetidisque nōn erat vocāta, īrā mōta est. Iēcit igitur in rēgiam immortālium deōrum mālum aureum, in quō scrīptae erant hae litterae: "BELLISSIMAE." Cui mālum darī dēbet? Iūnōnī aut Venerī
5 aut Minervae? Etiam Iuppiter ipse iūdicium facere timet! Itaque ad Paridem, fīlium rēgis Trōiānī, illae trēs deae veniunt.

"Ō cāre adulēscēns," dīcunt, "quis nostrum tuā sententiā bellissima est? Magnum dōnum tibi parābitur ab eā
10 deā quam ēligēs." Quem Paris ēliget? Quō dōnō animus iūdicis movēbitur? Iūnō eum rēgem, Minerva ducem facere potest. Venus autem eī Helenam, bellissimam omnium fēminārum, dare potest.

Paris amōre victus est et Venerī mālum aureum dedit.
15 Itaque (sī certa est fāma hōrum factōrum) Helena capta et ad novum locum, Trōiam, ducta est. Quod bellum gestum est propter istam fēminam?

VOCABULARY:

Discordia, -ae, f.: discord personified as a goddess
nūptiae, -ārum, f. pl.: wedding
Pēleus, -eī, m.: Peleus, father of Achilles
Thetis, -idis, f.: Thetis, mother of Achilles
rēgia, -ae, f.: palace
mālum, -ī, n.: apple
aureus, -a, -um: golden
BELLISSIMAE: dative case ("FOR THE FAIREST")
Iūnō, -ōnis, f.: Juno, queen of the gods
Venus, -eris, f.: Venus, goddess of love

Minerva, -ae, f.: Minerva, goddess of war and wisdom *5*
Iuppiter, Iovis, m.: Jupiter, king of the gods
Paris, -idis, m.: Paris, Trojan prince, son of Priam
Trōiānus, -a, -um: Trojan

ēligō, -ere, -lēgī, -lēctus: to choose *10*
dux, ducis, m.: leader
Helena, -ae, f.: Helen, wife of Menelaus, king of Sparta
15
Trōia, -ae, f.: Troy, city in Asia Minor

THE LABORS OF HERCULES

GRAMMAR ASSUMED:

Fourth Declension; Ablatives of Place from Which & Separation

WHEELOCK: CHAPTER 20

Hercules (Heracles in Greek) is one of the best known and most remarkable characters from classical mythology.

Quis nōmen Herculis nōn audīvit? Dē magnīs factīs illīus nunc pauca dīcam.

Herculem, virum Graecum cuius vīrēs erant extraōrdināriae, in servitūtem fortūna dūxerat. Eurystheus eī miserō duodecim gravēs labōrēs dederat. Sed Herculēs metū nōn victus erat; neque novīs animālibus terrērī poterat, neque ab hominibus eius generis quod numquam sceleribus caret. Magnum leōnem sōlīs manibus Herculēs superāvit; celerem cervam, cuius cornua aurea erant, cēpit et ex eō locō in quō eam invēnerat Mycēnās trāxit. Deinde ille missus est ab Eurystheō contrā Cerberum, ācrem canem; etiam hunc āmovēre poterat ab ipsā portā Plūtōnis!

Post haec et alia facta Herculēs labōribus līberātus est. Quod autem praemium eī datum est? Nūllum. Quī erat frūctus labōrum eius? Glōria memoriaque perpetua in versibus poētārum.

VOCABULARY:

Herculēs, -is, m.: Hercules, great Greek hero famous for his strength, appetite, and obtuseness

extraōrdinārius, -a, -um: not common, beyond the norm

Eurystheus, -eī, m.: Eurystheus, king of Mycenae, cousin of Hercules; Juno, who disliked Hercules, had contrived to make Eurystheus his master

5

leō, -ōnis, m.: lion

cerva, -ae, f.: deer, hind

aureus, -a, -um: golden

Mycēnae, -ārum, f. pl.: Mycenae, a city in Greece; **Mycēnās** = to the city of Mycenae (accusative of place to which without **ad**) *10*

Cerberus, -ī, m.: Cerberus, 3-headed dog guarding the entrance to the underworld

canis, -is, m. or f.: dog

Plūtō, -ōnis, m.: Pluto, god of the underworld

praemium, -iī, n.: reward

THE GOLDEN AGE RETURNS

GRAMMAR ASSUMED:

Third & Fourth Conjugations:
Passive Voice of the Present System

WHEELOCK: CHAPTER 21

This passage comes from the ***Eclogues,*** *a collection of ten short bucolic poems by Vergil. The fourth eclogue, which depicts the return of a golden age, is sometimes called "Messianic" because Christians in the Middle Ages identified the* ***puer*** *of the poem with Christ.*

Nunc aetās magna atque nova incipit. Puer nāscitur ac gēns aurea venit. Mundus gravī metū līberābitur. Ille puer deōrum vītam accipiet deōsque vidēbit, et ipse vidēbitur ab illīs. Mundum reget antīquīs virtūtibus. Simul atque
5 laudēs et facta parentis legere et virtūtem scīre poterit, agrī beātī dulcēs frūctūs omnibus hominibus parābunt. Remanēbunt tamen pauca vitia quae hominēs temptāre mare nāvibus, quae hominēs cingere urbēs mūrīs iubēbunt. Erunt etiam altera bella, atque iterum Trōiam magnus
10 mittētur Achillēs. Ubi autem hunc puerum virum fēcerit fortis aetās, maria relinquentur ā vectōribus, nec nautae pecūniae causā mercēs mūtābunt. Rōbustus agricola taurōs iugō līberābit; nōn rāstrīs tangētur humus; omnis terra omnia feret.

—adapted from Vergil, *Eclogues* 4.4–39

VOCABULARY:

nāscor, nāscī, nātus sum: to be born, spring forth
aureus, -a, -um: golden
accipiō, -ere, -cēpī, -ceptus: to receive
simul (adverb): at the same time (+ **atque** = as soon as)

parēns, -entis, m. or f.: parent *5*
temptō (1): to try (out), test
cingō, -ere, cīnxī, cīnctus: to gird, encircle
mūrus, -ī, m.: wall
Trōiam: accusative of place to which

Achillēs, -is, m.: Achilles, greatest Greek hero during the 10-year war against the Trojans *10*
fortis aetās: strong stretch of years, i.e. mature age
vector, -ōris, m.: passenger, seafarer
merx, mercis, f.: merchandise, goods
rōbustus, -a, -um: strong, hardy
taurus, -ī, m.: bull
iugum, -ī, n.: yoke
rāstrum, -ī, n.: rake, toothed hoe
humus, -ī, f.: ground, earth, soil
ferō, ferre, tulī, lātus: to bear, produce (**feret** = future tense)

CICERO REPORTS HIS VICTORY OVER CATILINE

GRAMMAR ASSUMED:

Fifth Declension; Ablative of Place Where; Summary of Ablative Uses

WHEELOCK: CHAPTER 22

This is an excerpt from the third of Cicero's four speeches against Catiline. Cicero has driven Catiline out of Rome and now triumphantly reports to his fellow citizens what has transpired.

Rem pūblicam, ō cīvēs, vītam omnium vestrum, bona, fortūnās, domum senātūs atque hanc pulchram urbem hōc diē labōribus, cōnsiliīs, perīculīs meīs ex igne atque ferrō ēripuī. Nunc, ō cīvēs, quoniam malōs ducēs malī bellī
5 captōs iam tenētis, cōgitāre dēbētis dē bonā spē vestrā. Catilīna ex urbe mediā expulsus est. Erat ille quī timēbātur ab omnibus, tam diū dum urbis moenibus continēbātur. Nunc ille homō tam ācer, tam audāx, tam in scelere vigilāns, tam in malīs rēbus dīligēns, sublātus est. Quamquam
10 haec omnia, ō cīvēs, sunt ā mē administrāta, videntur tamen imperiō atque cōnsiliō deōrum immortālium et gesta et prōvīsa esse. Nam multīs temporibus dī immortālēs spem fidemque huius reī pūblicae aluērunt. Hōc autem tempore praeclārissimās eīs grātiās agere dēbētis.
15 Ēreptī enim estis ex crūdēlissimā ac miserā morte, ēreptī (estis) sine caede, sine sanguine, sine exercitū.

Memoriā vestrā, ō cīvēs, nostrae rēs alentur; laus, fāma, glōriaque valēbunt; litterīs vīvent remanēbuntque. In perpetuā pāce esse possumus, ō cīvēs.

—adapted from Cicero, *Against Catiline* 3.1, 16–18, 23, 26, 29

VOCABULARY:

domus, -ūs, f.: house

labōribus, cōnsiliīs, perīculīs: ablative of means

dux, ducis, m.: leader

5

Catilīna, -ae, m.: Catiline, leader of a conspiracy in 63 B.C.; his plans to overthrow the Roman government were discovered and foiled by Cicero, who was then serving as one of the two annually elected consuls in Rome

expellō, -ere, -pulī, -pulsus: to banish, expel

tam (adverb): so (**tam diū dum** = so long as)

moenia, -ium, n. pl.: walls

audāx, -ācis: bold, daring

vigilāns, -antis: watchful, vigilant

dīligēns, -entis: careful, diligent

quamquam (conjunction): although

administrō (1): to manage, take charge of, execute *10*

prōvideō, -ēre, -vīdī, -vīsus: to see to, provide for

gesta ... prōvīsa esse: to have been administered and provided for

praeclārissimus, -a, -um: most splendid, most glorious

crudēlissimus, -a, -um: most cruel *15*

caedēs, -is, f.: slaughter, massacre

sanguis, -inis, m.: blood, bloodshed

exercitus, -ūs, m.: army

WATCHING THE ORATOR AT WORK

GRAMMAR ASSUMED:

Participles

WHEELOCK: CHAPTER 23

In this passage from the ***Brutus,*** *a survey of Roman oratory, Cicero describes the effect that an accomplished speaker has on his audience.*

Nunc surgit magnus ōrātor, causam dictūrus: omnis locus in subselliīs occupātur; plēnum est tribūnal; iūdicēs omnia illīus verba audīre cupientēs silentium significant. Oculī omnium ad illum vertuntur. Tum multae admīrātiōnēs, multae laudēs. Ōrātor animōs audientium tangit. Ubi cupit eōs metū aut misericordiā movērī, metū aut misericordiā oppressī terrentur aut flent.

Dē ōrātōre, etiam sī tū nōn adsidēns et attentē audiēns, sed ūnō aspectū et praeteriēns eum aspēxeris, saepe iūdicāre poteris. Vidēbis iūdicem ōscitantem, loquentem cum alterō, nōn numquam etiam errantem, mittentem ad hōrās, verba ab ōrātōre dicta neglegentem. Haec causa caret vērō ōrātōre, quī potest animōs iūdicum movēre ōrātiōne. Sī autem ērēctōs iūdicēs vīderis, quī dē rē docērī vidēbuntur aut suspēnsī tenēbuntur, ut cantū aliquō avēs, cognōscēs signa vērī ōrātōris et labōrem ōrātōrium bene gerentis.

—adapted from Cicero, *Brutus* 200, 290

VOCABULARY:

surgō, -ere, surrēxī, surrēctus: to rise
causam dīcere: to plead a case
subsellium, -iī, n.: bench, seat (in the lawcourt)
occupō (1): to seize, occupy
tribūnal, -ālis, n.: raised platform for magistrates' chairs (in the lawcourt)
silentium, -iī, n.: silence; **silentium significāre** = to signal for silence, call for silence
multae admīrātiōnēs, multae laudēs: supply **sunt** twice
admīrātiō, -ōnis, f.: expression of admiration, applause

5

misericordia, -ae, f.: pity, mercy
fleō, -ēre, flēvī, flētus: to weep
adsideō, -ēre, assēdī, assessus: to sit near
attentē (adverb): attentively (from **attentus, -a, -um**)
aspectus, -ūs, m.: look, glance
praetereō, -īre, -iī, -itus: to pass by, go by
aspiciō, -ere, -spēxī, -spectus: to catch sight of, see

ōscitō (1): to yawn 10
loquor, loquī, locūtus sum: to speak (**loquentem** = present active participle)
mittere ad hōrās: to send (someone) to find out the time
ērigō, -ere, -rēxī, -rēctus: to raise up, excite, arouse

suspendō, -ere, -pendī, -pēnsus: to hang up, suspend (**suspēnsī** = hung, i.e. hanging on his words) 15
ut (conjunction): as, just as
cantus, -ūs, m.: song, birdcall
avis, avis, f.: bird
cognōscō, -ere, -nōvī, -nitus: to recognize
ōrātōrius, -a, -um: oratorical
gerentis: genitive participle modifying **ōrātōris;** its object is **labōrem ōrātōrium**

CAESAR'S CAMP IS ATTACKED BY BELGIANS

GRAMMAR ASSUMED:

Ablative Absolute; Passive Periphrastic; Dative of Agent

WHEELOCK: CHAPTER 24

This is an excerpt from Caesar's commentaries on his military campaigns in Gaul (58–51 B.C.). Although it is written in a seemingly objective third-person style, it puts emphasis on Caesar's skill and courage as a leader.

Caesar, equitātū praemissō, sex legiōnēs dūcēbat; post eās tōtīus exercitūs impedīmenta collocāverat; equitēs nostrī, flūmine trānsitō, cum hostium equitātū proelium commīsērunt. Illī identidem in silvās ad suōs sē recipiēbant ac rursus ex silvā in nostrōs impetum faciēbant. Nostrī tantum ad fīnem silvae īnsequī eōs audēbant. Interim legiōnēs sex, ubi prīmum vēnērunt, armīs dēpositīs, castra mūnīre coepērunt. Ubi prīma impedīmenta nostrī exercitūs ab eīs quī in silvīs latēbant vīsa sunt, omnibus cum cōpiīs prōvolāvērunt impetumque in nostrōs equitēs fēcērunt. Equitibus facile pulsīs, incrēdibilī celeritāte ad flūmen cucurrērunt. Itaque ūnō tempore et ad silvās et in flūmine et in manibus nostrīs hostēs vidēbantur. Eādem celeritāte ad nostra castra atque eōs quī in labōre occupātī erant cucurrērunt.

Caesarī omnia ūnō tempore erant agenda: vexillum pōnendum, signum tubā dandum, quod eōs iussit arma tollere; ā labōre revocandī mīlitēs; aciēs paranda. Quārum rērum magnam partem brevitās temporis et hostium adventus impediēbat. Itaque ducēs, propter propinquitātem et celeritātem hostium, Caesaris imperium nōn exspectābant, sed per sē ea quae vidēbantur faciēbant.

—adapted from Caesar, *The Gallic War* 2.19–20

VOCABULARY:

equitātus, -ūs, m.: cavalry
legiō, -ōnis, f.: legion, unit of the Roman army
exercitus, -ūs, m.: army
impedīmentum, -ī, n.: hindrance, baggage
collocō (1): to place, arrange, station
eques, -quitis, m.: horseman, cavalryman
trānseō, -īre, -iī, -itus: to go across, cross
proelium, -iī, n.: battle (**proelium committere** = to engage in battle)
identidem (adverb): repeatedly, again and again
silva, -ae, f.: forest, woods (same meaning in sg. and pl.)
sē recipere: to retreat

rursus (adverb): back, back again *5*
impetus, -ūs, m.: attack, assault
tantum (adverb): only
īnsequor, -sequī, -secūtus sum: to pursue (translate actively)
interim (adverb): meanwhile
arma, -ōrum, n. pl.: arms, weapons
dēpōnō, -ere, -posuī, -positus: to lay aside, put down
castra, -ōrum, n. pl.: military camp
mūniō, -īre, -īvī, -ītus: to fortify
lateō, -ēre, latuī: to lie hidden, hide

prōvolō (1): to fly out, rush forth *10*
facile (adverb): easily
celeritās, -tātis, f.: speed, haste
ad silvās: near the woods

occupō (1): to seize, occupy *15*
vexillum, -ī, n.: military banner, flag, standard
tuba, -ae, f.: trumpet, war trumpet
quod: subject of **iussit;** its antecedent is **signum**
aciēs, -ēī, f.: sharp edge, line of battle
quārum = hārum

adventus, -ūs, m.: approach, arrival *20*
impediō, -īre, -īvī, -ītus: to hinder
propinquitās, -tātis, f.: nearness, proximity
per sē: by themselves, on their own authority
videor, -ērī, vīsus sum: to seem, to seem best

THE CHARACTER OF CATILINE'S FOLLOWERS

GRAMMAR ASSUMED:

Infinitives;
Indirect Statement

WHEELOCK: CHAPTER 25

This passage comes from the second of Cicero's speeches against Catiline. Although Catiline has left Rome, several of his followers have remained in the city, where, according to Cicero, they pose a threat to the security of the state.

Sed cūr tam diū dē ūnō hoste (Catilīnā) dīcimus, et dē eō hoste quī iam dīcit sē esse hostem, et quem, quod mūrus interest, nōn timeō: dē hīs, quī in mediā urbe, quī nōbīscum sunt, nihil dīcimus? Expōnam enim vōbīs, ō cīvēs,
5 genera hominum ex quibus istae cōpiae parantur. Ūnum genus est eōrum quī magnō in aere aliēnō magnās etiam possessiōnēs habent, quārum amōre adductī dissolvī nūllō modō possunt. Sed hōs hominēs nōn putō timendōs (esse), quod dēdūcī dē sententiā (suā) possunt.
10 Alterum genus est eōrum quī, quamquam premuntur aere aliēnō, imperium tamen exspectant atque honōrēs quōs, rē pūblicā perturbātā, cōnsequī sē posse putant. Quibus hoc non spērandum est. Nam illīs hoc intellegendum est: prīmum omnium mē ipsum vigilāre, adesse, prōvidēre
15 reī pūblicae; deinde magnōs animōs esse in bonīs virīs, magnam concordiam ōrdinum, maximam multitūdinem, magnās mīlitum cōpiās; deōs dēnique immortālēs huic invictō populō, clārō imperiō, pulchrae urbī contrā tantam vim sceleris auxilium esse datūrōs. Num illī in cinere urbis
20 et in sanguine cīvium sē cōnsulēs aut dictātōrēs aut etiam rēgēs spērant futūrōs (esse)?

—adapted from Cicero, *Against Catiline* 2.17–19

VOCABULARY:

tam (adverb): so
Catilīna, -ae, m.: Catiline, conspirator thwarted by Cicero in 63 B.C.
mūrus, -ī, m.: city wall (Catiline has fled from Rome)
intersum, -esse, -fuī, -futūrus: to be between, lie between (us)
expōnō, -ere, -posuī, -positus: to set forth, explain
5
aes aliēnum, aeris aliēnī, n.: debt ("another's money")
quārum amōre adductī: "induced by love of which"
addūcō, -ere, -dūxī, -ductus: to induce, persuade
dissolvō, -ere, -solvī, -solūtus: to free (from debt)
dēdūcō, -ere, -dūxī, -ductus: to lead away, dissuade
10
quamquam (conjunction): although
honor, -ōris, m.: honor, public office
perturbō (1): to disturb, throw into confusion
cōnsequī: to acquire (present infinitive of a deponent verb; translate actively)
posse: translate as if it were a future infinitive
quibus = illīs hominibus
prīmum ... deinde ... dēnique ...: 3 indirect statements
vigilō (1): to be watchful, be awake, be vigilant
adsum, -esse, -fuī, -futūrus: to be present to help, to assist
15
concordia, -ae, f.: harmony, concord
ōrdō, -dinis, m.: rank, order, socio-economic class
maximus, -a, -um: very great, greatest
dēnique (adverb): finally, last (in a list)
invictus, -a, -um: invincible
tantus, -a, -um: so great, so large
auxilium, -iī, n.: aid, assistance
num: introduces a question expecting a negative answer ("they don't hope that they will be ... , do they?")
cinis, -neris, m.: ash, ashes

sanguis, -inis, m.: blood, bloodshed
20

THE VIRTUES OF THE ORATOR CATO

GRAMMAR ASSUMED:

Comparison of Adjectives;
Declension of Comparatives; Ablative of Comparison

WHEELOCK: CHAPTER 26

In this excerpt from the **Brutus** *Cicero laments that the orators of his day show no interest in studying the "old-fashioned" works of Cato, a Roman orator from the preceding century, yet are eager to imitate the style of Greek orators from even earlier centuries.*

Catōnem vērō quis nostrōrum ōrātōrum, quī nunc sunt, legit? aut quis eum nōvit? At quem virum, dī bonī! Mittō cīvem aut senātōrem aut imperātōrem; ōrātōrem enim hōc locō quaerimus; quis in laudandō est gravior illō? acerbior
5 in vituperandō? in sententiīs sapientior? in cōnfīrmātiōne subtīlior? Omnēs ōrātōriae virtūtēs in clārissimīs ōrātiōnibus eius invenientur. Iam vērō quem flōrem aut quem lūcem ēloquentiae *Orīginēs* eius nōn habent?

Cūr igitur Lȳsiās et Hyperīdēs amantur dum ignōrā-
10 tur Catō? Antīquior est huius sermō et quaedam horridiōra verba. Ita enim tum loquēbantur. Sciō hunc ōrātōrem nōndum esse satis polītum et aliquid perfectius quaerendum esse. Nihil enim est simul et inventum et perfectum. Sed ea in nostrīs īnscītia est, quod hī ipsī quī in litterīs
15 Graecīs antīquitāte dēlectantur, hanc in Catōne nē nōvērunt quidem. Hyperīdae volunt esse et Lȳsiae; eōs laudō, sed cūr nōlunt Catōnēs (esse)?

—adapted from Cicero, *Brutus* 65–70

VOCABULARY:

Catō, -ōnis, m.: famous Roman orator & statesman, lived 234–149 B.C.
vērō (adverb): in truth, indeed
nōscō, -ere, nōvī, nōtus: to become acquainted with; (in perfect tense) know
quem virum: accusative of exclamation
mittō: I omit, pass over, do not mention
senātor, -tōris, m.: senator
in laudandō: in praising (**laudandō** is a gerund)

vituperō (1): to blame, censure; **in vituperandō** = in blaming (**vituperandō** is a gerund) *5*
cōnfīrmātiō, -ōnis, f.: a verifying of facts, an adducing of proofs
subtīlis, -e: fine, thin, precise
ōrātōrius, -a, -um: oratorical
ōrātiō, -ōnis, f.: speech
iam vērō: furthermore
flōs, flōris, m.: flower, blossom
Orīginēs: Origins, title of a history of Rome written by Cato
Lȳsiās (pl. = **Lȳsiae**), **Hyperīdēs** (pl. = **Hyperīdae**): famous Athenian orators from the 5th & 4th centuries B.C., respectively
ignōrō (1): to ignore, not know, not acknowledge

sermō, -ōnis, m.: conversation, talk *10*
horridus, -a, -um: shaggy, rough, unpolished
ita (adverb): in such a way, thus, so
loquor, loquī, locūtus sum (deponent verb): to speak (translate actively even though it is passive in form)
nōndum (adverb): not yet
polītus, -a, -um: polished, refined
simul (adverb): at the same time
nostrīs = nostrīs ōrātōribus
īnscītia, -ae, f.: ignorance
quod: the fact that (**quod** clause explains **ea ... īnscītia**)

antīquitās, -tātis, f.: ancientness, primitive simplicity *15*
nē ... quidem: not even
volō, velle, voluī: to want, wish
nōlō, nōlle, nōluī: to not want, not wish, refuse

OLD AGE IS NOT A TIME FOR DESPAIR

GRAMMAR ASSUMED:

Special & Irregular Comparison of Adjectives

WHEELOCK: CHAPTER 27

Cicero wrote his philosophical treatise ***On Old Age*** *not long before his death; in it he argues that one's later years can be productive and happy.*

Ō miserrimum senem, quī mortem contemnendam esse in tam longā aetāte nōn videt! Mors aut plānē neglegenda est, sī exstinguit animum, aut etiam optanda est, sī aliquō animum dēdūcit ubi erit aeternus. Quid igitur timeō, sī aut
5 nōn miserrimus post mortem, aut beātissimus etiam erō? At spērat adulēscēns diū sē vīctūrum esse; spērāre idem senex nōn potest. Īnsipienter autem adulēscēns spērat; quid enim stultius quam incerta prō certīs habēre, falsa prō vērīs? Senex, cui sunt nūllae spēs, beātior tamen est quam
10 adulēscēns, et minōrēs cūrās habet, quoniam id quod ille (adulēscēns) spērat iam hic (senex) habet; ille cupit diū vīvere, hic diū vīxit.

Quamquam, ō dī bonī, quid est "diū" in hominis nātūrā? Nam etiam sī quis diūtissimē vīxerit (fuit, ut
15 scrīptum videō, Arganthōnius quīdam, quī centum vīgintī annōs vīxerat), mihi nōn diūturnum vidētur quicquam in quō est aliquid extrēmum. Hōrae quidem cēdunt et diēs et mēnsēs et annī, nec praeteritum tempus umquam revocātur nec futūrum scīrī potest. Tempus quod nōbīs datur, eō
20 dēbēmus fēlīcēs esse et contentī.

—adapted from Cicero, *On Old Age* 66–69

VOCABULARY:

senem: accusative of exclamation
contemnō, -ere, -tempsī, -temptus: to despise, make light of
plānē (adverb): plainly, completely
optō (1): to choose, wish for
aliquō: to some place (construe with **ubi**)
erit: subject = **animus** *5*

īnsipienter (adverb): foolishly
quid: supply **est**
incertus, -a, -um: uncertain
prō ... habēre: to hold, regard something (in the accusative; here **incerta** and **falsa**) as a substitute for something else (in the ablative; here **certīs** and **vērīs**)
falsus, -a, -um: false *10*

quamquam (conjunction): however, nevertheless, although
quis (after **sī**) = **aliquis**
diūtissimē (adverb): for a very long time

Arganthōnius, -iī, m.: a Spanish king mentioned in Herodotus' *Histories* *15*
diūturnus, -a, -um: long
quisquam, quicquam (indefinite pronoun): anyone, anything (**quicquam** = subject of **vidētur**)
quidem (adverb): indeed
cēdō, -ere, cessī, cessus: to depart, pass away
aliquid extrēmum: something ultimate, i.e. a limit, an end
mēnsis, -is, m.: month
praetereō, -īre, -iī, -itus: to pass, pass by, elapse
eō = eō tempore quod nōbīs datur

contentus, -a, -um: satisfied with (+ ablative) *20*

TWO LOVE POEMS BY CATULLUS

GRAMMAR ASSUMED:

Subjunctive Mood: Present Subjunctive;
Jussive & Purpose Clauses

WHEELOCK: CHAPTER 28

Catullus wrote over one hundred lyric poems on a variety of subjects; those poems chronicling his love affair with Lesbia are among the most inspired.

Vīvāmus, mea Lesbia, atque amēmus; omnēsque rūmōrēs
senum graviōrum aestimēmus ūnīus assis. Sōlēs occidere
et redīre possunt; ubi semel occidit haec brevissima lūx,
ūna nox perpetua nōbīs est dormienda. Dā mihi bāsia
5 mīlle, deinde centum; deinde mīlle altera, deinde secunda
centum: deinde, ubi plūrima bāsia fēcerimus, conturbēmus
illa, nē sciāmus numerum bāsiōrum, aut nē quis malus
numerum invenīre possit atque invidēre.
—adapted from Catullus, Poem 5

Mihi prōpōnis, mea vīta, iūcundum amōrem nostrum fu-
10 tūrum esse perpetuum. Dī magnī, id sincērē Lesbia dīcat et
ex animō, ut possīmus tōtam vītam agere in hāc fēlīcissimā
amīcitiā!
—adapted from Catullus, Poem 109

VOCABULARY:

Lesbia, -ae, f.: name of Catullus' fickle girlfriend
rūmor, -ōris, m.: rumor, talk
aestimō (1): to estimate, value
as, assis, m.: copper coin of little weight, "penny" (**assis** = genitive of value)
occidō, -ere, -cidī, -cāsus: to fall down, set
redeō, -īre, -iī, -itus: to go back, return
semel (adverb): once
dormiō, -īre, -īvī, -ītus: to sleep

5

conturbō (1): to throw into confusion, put into disorder
quis (after **nē**) = **aliquis**
possit: pres. subjunctive of **possum**
invideō, -ēre, -vīdī, -vīsus: to envy, be jealous
prōpōnō, -ere, -posuī, -positus: to put forward, propose

sincērē (adverb): sincerely, honestly *10*
ex animō: from the heart
possīmus: pres. subjunctive of **possum**

QUINTILIAN PRAISES THE ORATORY OF CICERO

GRAMMAR ASSUMED:

Imperfect Subjunctive; Present & Imperfect Subjunctive of **Sum** *&* **Possum***; Result Clauses*

WHEELOCK: CHAPTER 29

Quintilian, a renowned teacher and critic of oratory in the first century A.D.*, here compares Cicero favorably with Demosthenes and other Greek models of eloquence.*

Ōrātōrēs vērō Rōmānī ēloquentiam Latīnam Graecae parem facere possunt; nam Cicerōnem oppōnam cuicumque eōrum, etiam Dēmosthenī. Hōrum ego virtūtēs putō similēs: cōnsilium, ōrdinem, ratiōnem, omnia dēnique
5 quae sunt inventiōnis. In ēloquentiā est aliqua dīversitās: dēnsior ille, hic cōpiōsior, pugnat ille acūmine semper, hic pondere, cūrae plūs in illō, in hōc plūs nātūrae. M. Tullius autem mihi vidētur effīnxisse vim Dēmosthenis, cōpiam Platōnis, iūcunditātem Īsocratis. Nam quis docēre dīligen-
10 tius, movēre vehementius potest? Cui tanta iūcunditās umquam fuit ut iūdicem etiam gravissimum movēre posset? Iam in omnibus quae dīcit tanta auctōritās inest ut dissentīre pudeat et fidem nōn advocātī sed testis habēre ille videātur. Nōn immeritō igitur ab aetātis suae homini-
15 bus rēgnāre in iūdiciīs Cicerō dictus est, et posterī tantam glōriam eī dant ut Cicerō iam nōn hominis nōmen, sed ēloquentiae habeātur. Hunc igitur spectēmus; hoc exemplum nōbīs prōpositum sit; ille sē prōfēcisse sciat, quī didicit Cicerōnem dīligere.

—adapted from Quintilian 10.1.105–112

VOCABULARY:

ēloquentia, -ae, f.: eloquence, speaking ability
pār, paris: equal, like (+ dative)
oppōnō, -ere, -posuī, -positus: to match someone (in the accusative) with someone else (in the dative)
oppōnam cuicumque: potential subjunctive ("I would match with anyone")
Dēmosthenēs, -is, m.: famous Greek orator
ōrdō, -dinis, m.: order, arrangement (of ideas)

inventiō, -ōnis, f.: invention, creativity (**quae sunt inventiōnis** = which are connected with invention) *5*
dīversitās, -tātis, f.: difference, diversity
dēnsus, -a, -um: thick, condensed, concise
ille = Demosthenes; **hic** = Cicero
cōpiōsus, -a, -um: abundant, rich, full
acūmen, -minis, n.: sharpness, cunning, subtlety
pondus, -deris, n.: weight, authority
effingō, -ere, -fīnxī, -fictus: to express, represent
Platō, -ōnis, m.: famous Greek philosopher
iūcunditās, -tātis, f.: pleasantness, delight, charm
Īsocratēs, -is, m.: famous Greek orator
dīligentius: more carefully (from **dīligēns, -entis**)

vehementius: more emphatically (from **vehemēns, -entis**) *10*
auctōritās, -tātis, f.: authority
īnsum, inesse, īnfuī, īnfutūrus: to be in, be found in
dissentiō, -īre, -sēnsī, -sēnsus: to disagree
pudet (impersonal, used with infinitive): it is shameful
advocātus, -ī, m.: advocate, legal counselor
testis, -is, m. or f.: eye-witness (**testis** here = genitive)
immeritō (adverb): undeservedly, unjustly

rēgnō (1): to rule, reign *15*
iūdicium, -iī, n.: trial, law court
posterī, -ōrum, m. pl.: descendants, posterity
spectō (1): to look at, regard
exemplum, -ī, n.: example, model
prōpōnō, -ere, -posuī, -positus: to set something (in the accusative) before someone (in the dative)
prōficiō, -ere, -fēcī, -fectus: to make progress

PLINY WRITES TO HIS FRIENDS

GRAMMAR ASSUMED:

Perfect & Pluperfect Subjunctive;
Indirect Questions;
Sequence of Tenses

WHEELOCK: CHAPTER 30

Pliny's letters are an invaluable source of information about Roman high society in the late first century A.D.

Suscēnseō; nesciō an dēbeam, sed suscēnseō. Scīs quam inīquus interdum, quam impotēns saepe, quam querulior semper sit amor. Nesciō an haec causa sit iūsta; magna tamen est, et ego graviter suscēnseō, quod fuērunt ā tē tam 5 diū litterae nūllae. Exōrāre mē potes ūnō modō, sī nunc saltem plūrimās et longissimās litterās mīseris. Haec mihi sōla excūsātiō vēra, cēterae falsae vidēbuntur. Nōn sum audītūrus "nōn eram in urbe" vel "occupātior eram"; nec dī sinant ut audiam "īnfīrmior." Cōgitā quantam cūram 10 tibi habeam. Scīre cupiō quid faciās et fēcerīs. Nunc plūrimās et longissimās litterās mitte! Valē!

—adapted from Pliny, *Epistles* 2.2

Diū nōn librum in manūs, nōn stilum sūmpsī; diū nesciō quid sit ōtium, quid quiēs, quid dēnique illud iners, iūcundum tamen nihil agere, nihil esse: tam multa mē negōtia 15 amīcōrum nec Rōmā sēcēdere nec litterīs studēre patiuntur. Nūlla enim studia tantī sunt, ut amīcitiae officium neglegātur. Valē!

—adapted from Pliny, *Epistles* 8.9

VOCABULARY:

suscēnseō, -ēre, -cēnsuī, -cēnsus: to be angry
an: whether (introducing an indirect question)
inīquus, -a, -um: unfair, unjust
interdum (adverb): at times, sometimes
impotēns, -entis: out of control, immoderate
querulior: rather prone to complain (about trifles)
causa: supply **īrae** (genitive)
iūstus, -a, -um: fair, just
graviter (adverb): deeply, severely

exōrō (1): to win over (by begging), appease 5
saltem (adverb): at least (modifying **nunc**)
mīseris: from **mittō**
excūsātiō, -ōnis, f.: way of making amends, means of apologizing
vel (conjunction): or
occupātus, -a, -um: occupied, busy
nec ... sinant: subjunctive expressing a wish ("may they not allow, may they forbid")
sinō, -ere, sīvī, situs: to allow (+ **ut** clause as direct object, "that...")
īnfīrmus, -a, -um: weak, ill

10

stilus, -ī, m.: stylus, instrument for writing on wax tablets
sūmō, -ere, sūmpsī, sūmptus: to take up, lay hold of
quiēs, -ētis, f.: rest, repose
illud: modifies each infinitive phrase: "that ... (state of) doing nothing, that ... (state of) being nothing"
iners, -ertis: inactive, idle
negōtium, -iī, n.: business, affair

15

Rōmā: ablative of place from which
sēcēdō, -ere, -cessī, -cessus: to withdraw, retire
studeō, -ēre, studuī: to study, pursue (+ dative)
patior, patī, passus sum: to allow, permit (translate actively)
tantī: genitive of value ("of so much worth")

LUCRETIA: PARAGON OF VIRTUE

GRAMMAR ASSUMED:

Cum *Clauses;* **Ferō**

WHEELOCK: CHAPTER 31

Livy, in the first part of his history of Rome, describes the downfall of the kings and the establishment of the republic. The following incident hastened the overthrow of Rome's final king, Tarquin the Proud.

Rōma regēbātur ā tyrannō superbō, cuius fīlius erat Sextus Tarquinius. Quādam nocte cum Tarquinius vīnum biberet cum amīcīs, coepērunt quisque uxōrem suam laudāre. Collātīnus dīxit suam Lucrētiam omnibus cēterīs praestāre:
5 "Nōs cōnferāmus ad meās aedēs videāmusque quid mea uxor nunc agat. Tum sciētis quantō melior sit mea Lucrētia quam aliae." Omnēs respondērunt, "Discēdāmus!" Cum ad illās aedēs vēnissent, fidēlem Lucrētiam nōn lūdentem, sed lānam dūcentem invēnērunt. Sextus, cum vidēret
10 quam pulchra et pudīca Lucrētia esset, malō amōre captus est. Paucīs diēbus post, cum abesset Collātīnus, iste revēnit. Cum cēna oblāta esset, in hospitāle cubiculum ductus est. Mediā nocte ad dormientem Lucrētiam vēnit: "Tacē!" inquit. "Sextus Tarquinius sum; ferrum in manū ferō. Cēde mihi
15 aut tē necābō!" Cum Lucrētia necārī māllet, dēnique tamen vīcit Sextus eius pudīcitiam. Tum discessit. Sed Lucrētia omnia haec narrāvit Collātīnō, quī iūrāvit sē Sextum necātūrum esse. Tum Lucrētia sē necāvit, nē aliīs uxōribus vidērētur malō exemplō esse: "Ego mē culpā absolvō, sed
20 poenā nōn līberō," occidēns dīxit.

—adapted from Livy 1.57.6–58.11

VOCABULARY:

Sextus Tarquinius, -iī, m.: son of Rome's seventh and last king, L. Tarquinius Superbus (ousted in 509 B.C.)

coepērunt quisque: quisque is often used with a plural verb

Collātīnus, -ī, m.: a noble Roman

Lucrētia, -ae, f.: Collatinus' wife

aedēs, -ium, f. pl.: house *5*

quantō: ablative of degree of difference ("by how much")

lūdō, -ere, lūsī, lūsus: to play

lāna, -ae, f.: wool (**dūcere lānam** = to spin wool)

10

paucīs diēbus: ablative of degree of difference ("by a few days")

post (adverb): afterwards, later

absum, abesse, āfuī, āfutūrus: to be away

hospitālis, -e: relating to a guest

cubiculum, -ī, n.: bedroom

mālō, mālle, māluī: to wish rather, prefer *15*

pudīcitia, -ae, f.: chastity

iūrō (1): to swear, take an oath

exemplum, -ī, n.: example, model; **exemplō esse** = to serve as a model (dative of purpose)

absolvō, -ere, -solvī, -solūtus: to loosen, free

līberō: supply **mē** as the object *20*

VERGIL PRAISES THE RUSTIC LIFE

GRAMMAR ASSUMED:

Formation & Comparison of Adverbs;
Volō, Mālō, Nōlō; *Proviso Clauses*

WHEELOCK: CHAPTER 32

In the ***Georgics,*** *called by Dryden "the best Poem of the best Poet," Vergil urges a return to traditional Roman values, as exemplified by the virtuous, pristine way in which the Roman farmer and his family live.*

Ō nimium fortūnātōs agricolās, quibus facilem vīctum
dīvitissima terra volēns fundit! Ōtium iūcundum, agrī
longē patentēs, spēluncae vīvīque lacūs, mūgītūsque boum
dulcēsque sub arbore somnī ab eīs nōn absunt. Inter eōs
5 iūra et lēgēs diūtius manent; scelera prohibentur. Vīvit
fēlīciter quī ratiōne potuit causās rērum cognōscere atque
lūce scientiae metūs omnēs et pessimās cūrās ex suā mente
expulit. Neque bella ācria illum terrent, neque saevī exercitūs, neque cētera perīcula quae saepissimē hominēs ti-
10 ment. Dīvitiās et honōrēs ille nōn tam fortiter amat, ut velit
beneficia vītae rūsticae amittere. Cum pauper sit, tamen ille
sibi vidētur pār rēgibus, cum fīliī parvī illīus ad eum
celeriter accurrunt et cāra ōscula līberrimē offerunt. Huic
dī immortālēs, fidēliter cultī, pācem perpetuam dant. Vī-
15 tam similiter beātam quondam ēgērunt Rōmulus et Remus.

—adapted from Vergil, *Georgics* 2.458ff.

VOCABULARY:

fortūnātōs agricolās: accusative of exclamation
vīctus, -ūs, m.: food, sustenance, means of living
fundō, -ere, fūdī, fūsus: to pour forth
spēlunca, -ae, f.: cave, grotto
lacus, -ūs, m.: lake
mūgītus, -ūs, m.: lowing, bellowing, mooing
bōs, bovis (genitive pl. = **boum**), m. or f.: ox, cow, cattle
arbor, arboris, f.: tree

5

saevus, -a, -um: fierce, violent, savage

10

rūsticus, -a, -um: rustic, rural, simple
accurrō, -ere, -currī, -cursus: to run up to
colō, -ere, coluī, cultus: to cultivate, worship

Rōmulus, -ī, m.: Romulus, founder of Rome *15*
Remus, -ī, m.: Remus, twin brother of Romulus

THE HELVETIANS PARLEY WITH CAESAR

GRAMMAR ASSUMED:

Conditions

WHEELOCK: CHAPTER 33

Caesar here illustrates how he, as commander of the Roman forces in Gaul, deals with an arrogant adversary.

Contrā Helvētiōs, quī in agrōs populōrum vīcīnōrum invādēbant, Caesar bellum suscēpit. Cum potuisset ūnō diē pontem in Ararī facere et suum exercitum trādūcere, Helvētiī, quī diēbus vīgintī idem difficillimē cōnfēcerant, lē-
5 gātōs ad eum mīsērunt. Hī ita dīxērunt: "Sī pācem populus Rōmānus nōbīscum faciet, in illīs fīnibus ubi volueris, manēbimus. Sed sī bellō nōs diūtius premere in animō habēs, cōgitā dē antīquā fāmā nostrā. Ita enim ā patribus māiōribusque nostrīs didicimus ut magis virtūte bellum
10 gerāmus quam īnsidiīs. Quod sī contrā nōs tuum exercitum dūcās, nōn sōlum salūtem tuam, sed etiam honōrem populī Rōmānī certē āmittās."

His Caesar ita respondit: "Etiam sī vestrōrum priōrum vitiōrum memoriam dēpōnere possem, certē nōn possem
15 ignōscere vestrīs novīs sceleribus. Nisi quōs obsidēs dabitis, pācem vōbīscum nōn faciam."

Helvētiī, sī Caesarī tum cessissent, meliōrem fortūnam invēnissent. Sed īnsolenter respondērunt: "Nōbīs ā māiōribus nostrīs hic mōs trāditus est: Helvētiī obsidēs accipiunt,
20 nōn dant."

—adapted from Caesar, *The Gallic War* 1.13f.

VOCABULARY:

Helvētiī, -ōrum, m. pl.: Helvetians, one of the tribes living in ancient Gaul (now France and Switzerland)

vīcīnus, -a, -um: neighboring

invādō, -ere, -vāsī, -vāsus: to rush in, fall upon, seize

pōns, pontis, m.: bridge

Arar, Araris (ablative **Ararī**), m.: the river Arar (now Saône) which flows into the Rhône river

trādūcō, -ere, -dūxī, -ductus: to lead across, bring over

idem: i.e. **ūnō diē pontem in Ararī facere**

cōnficiō, -ere, -fēcī, -fectus: to complete, finish

lēgātus, -ī, m.: legate, ambassador *5*

gerāmus: present subjunctive where imperfect might be expected; shows a result that holds true in the present time *10*

quod sī: but if

dēpōnō, -ere, -posuī, -positus: to lay aside

ignōscō, -ere, -nōvī, -nōtus: to pardon, overlook (+ dative) *15*

obses, -sidis, m. or f.: hostage

īnsolenter (adverb): arrogantly

SALLUST'S VIEW OF HUMAN NATURE

GRAMMAR ASSUMED:

Deponent Verbs; Ablative with Special Deponents

WHEELOCK: CHAPTER 34

The Roman historian Sallust, in the preface to his monograph on the Catilinarian conspiracy, outlines the faculties possessed by human beings that make them superior to beasts.

Omnēs hominēs quī cupiunt praestāre cēterīs animālibus summā ope nītī dēbent, nē vītam silentiō trānseant velutī pecora, quae nātūra fīnxit prōna atque ventrī oboedientia. Sed nostra omnis vīs in animō et corpore sita est; animī
5 imperiō, corporis servitiō ūtimur; alterum nōbīs cum dīs, alterum cum bēluīs commūne est. Mihi rēctius vidētur glōriam quaerere ingeniī quam vīrium opibus et, quoniam vīta ipsa quā fruimur brevis est, memoriam nostrī quam maximē longam efficere. Nam dīvitiārum et fōrmae glōria
10 flūxa atque fragilis est; virtūs clāra aeternaque habētur.

Sed multī mortālēs, dēditī ventrī atque somnō, indoctī incultīque vītam sīcutī peregrīnantēs ēgērunt; quibus profectō contrā nātūram corpus voluptātī, anima onerī fuit. Eōrum ego vītam mortemque iūxtā aestimō quoniam dē
15 utrāque silētur. Sed is dēmum mihi vīvere atque fruī animā vidētur, quī aliquō negōtiō intentus praeclārī facinoris aut artis bonae fāmam quaerit.

—adapted from Sallust, *War with Catiline* 1–2

VOCABULARY:

nītor, nītī, nīsus sum: to strive, make an effort
trānseō, -īre, -iī, -itus: to pass through
velutī (adverb): just as, just like
pecus, -oris, n.: cattle, herd
fingō, -ere, fīnxī, fictus: to form, fashion, make
prōnus, -a, -um: bent forward (i.e. not erect)
venter, -tris, m.: stomach, belly
oboediēns, -entis: obedient (+ dative)
situs, -a, -um: situated, placed, located

servitium, -iī, n.: service, servitude *5*
alterum ... alterum: i.e. **animus** and **corpus**
bēlua, -ae, f.: beast
rēctus, -a, -um: straight, right, proper
quaerere ... et ... efficere: both infinitives depend on **vidētur**
ingeniī ... vīrium: both genitives depend on **opibus** (ablative of means)
fruor, fruī, frūctus sum (+ ablative): to enjoy
quam maximē longam = quam longissimam
efficiō, -ere, -fēcī, -fectus: to bring about, achieve

flūxus, -a, -um: flowing, changeable *10*
fragilis, -e: fragile, perishable
aeternus, -a, -um: eternal, imperishable
dēditus, -a, -um: addicted to, given over to
indoctus, -a, -um: uneducated, ignorant
incultus, -a, -um: unsophisticated, not cultured
sīcutī (adverb): just as, just like
peregrīnor (1): to travel around, sojourn
profectō (adverb): assuredly
voluptātī fuit: served as a source of pleasure (dative of purpose)
onus, -neris, n.: burden (**onerī** = dative of purpose)
iūxtā (adverb): near, close, i.e. similar
aestimō (1): to judge, estimate, consider

uterque, utraque, utrumque: each (of two), either one *15*
silētur: it's kept silent, nothing's said
dēmum (adverb): at last, finally (at end of argument)
negōtium, -iī, n.: business, occupation
intentus, -a, -um: intent on (+ ablative)
facinus, -oris, n.: deed, act

A CONVERSATION FROM ROMAN COMEDY

GRAMMAR ASSUMED:

Dative with Adjectives;
Dative with Special Verbs;
Dative with Compounds

WHEELOCK: CHAPTER 35

Terence's ***Self-Punisher*** *was first performed in Rome in 163* B.C. *In this scene from the comedy, Menedemus explains to his neighbor Chremes why he is punishing himself by working so hard. Neither Menedemus nor Chremes is aware that Menedemus' son has returned from his stint in the army and is next door at Chremes' house, ready to resume his old love affair.*

MENEDĒMUS: Fīlium ūnum adulēscentem habeō. Āh, cūr dīxī mē habēre? Immō habuī, Chremē; nunc utrum habeam necne incertum est. CHREMĒS: Cūr? ME: Sciēs. Puellam pauperem ille nimis amāre coeperat. Illum semper ad-
5 monēbam: "Dēbēs, mī fīlī, studēre dīvitiīs et honōribus, nōn falsīs lūdīs amōris. Ego, cum eram istud aetātis, praemia et glōriam in exercitū invēnī." Nunc Clīnia cum mīlitibus in Asiam discessit, ut rēgī serviat et mihi placeat. CH: Quid ais? ME: Utinam nē eī persuāsissem! Meō fīliō,
10 quem adiuvāre dēbēbam, gravissimē nocuī! Mihi ignōscere nōn possum. Itaque, dum Clīnia propter mē multa mala patitur, poenās ipse etiam dabō, in agrō labōrāns, opibus parcēns, illī absentī serviēns. CH: Ego arbitror tē nōn adversō in fīlium tuum ingeniō esse et illum quidem velle
15 tibi pārēre. Sed nec tū illum satis nōverās, nec tē ille. Tū illum numquam ostendistī quantī penderēs, nec tibi ille est ausus crēdere. Sed spērō illum tibi salvum adfutūrum esse. Tibi parce, Menedēme! Absēns fīlius tē hoc facere vult. ME: Tū nōn dēbēs mīrārī, sī labōrāre potius dēsīderō. CH: Sī ita
20 vīs, bene valē! ME: Et tū!

—adapted from Terence, *Self-Punisher* 93–167

VOCABULARY:

Menedēmus, -ī, m.: old man in Terence's *Self-Punisher*
immō: no, on the contrary; rather
Chremēs, -ētis (vocative **Chremē**), m.: Menedemus' neighbor
utrum ... -ne: whether ... or (double indirect question)
incertus, -a, -um: uncertain, unsure

5

falsīs lūdīs: deceitful games
istud aetātis: that of age, i.e. at that age of yours
Clīnia, -ae, m.: Menedemus' son
Asia, -ae, f.: Asia Minor
rēgī: one of the petty kings (successors to Alexander the Great) who hired Greek mercenaries to fight for them; the characters in Terence's plays are meant to be Greeks from the late 4th or early 3rd century B.C., not Romans of Terence's own lifetime (c. 190–159 B.C.)
ais: you say
utinam nē: would that ... not (introducing a contrary-to-fact negative wish)

10

absēns, -entis: absent, away
adversō ... ingeniō: of a hostile disposition (ablative of quality) describing **tē** (Menedemus)
in: toward
nōverās: from **nōscō** *15*
illum (line 16): direct object of **penderēs**
pendō, -ere, pependī, pēnsus: to weigh, value, regard (+ genitive of value, "of how much worth")
crēdere: to confide in, put trust in
adsum, -esse, -fuī, -futūrus: to be present, be near, appear, come
potius (adverb): rather, preferably

A CRISIS IN ROMAN EDUCATION

GRAMMAR ASSUMED:

Jussive Noun Clauses; **Fīō**

WHEELOCK: CHAPTER 36

Encolpius, narrator of Petronius' ***Satyricon,*** *attacks the schools of his day (first century* A.D.*) on the grounds that the education they provide is totally irrelevant to the needs and experiences of the students.*

"Ego discipulōs in scholīs stultissimōs fierī putō, quod nihil, ex hīs quae in ūsū habēmus, aut audiunt aut vident, sed hominēs plēnōs timōris petentēs ā pīrātīs nē sē in catēnās iniciant, sed tyrannōs ēdicta scrībentēs quibus
5 imperent fīliīs ut capita patrum suōrum praecīdant, sed rēgēs ōrāculīs monitōs ut virginēs trēs immolent nē pestilentia gravior fīat. Quī inter haec aluntur nōn magis sapere possunt quam bene olēre quī in culīnā vīvunt! Levibus enim atque turpibus dēclāmātiōnibus magistrī effēcērunt
10 ut corpus ōrātiōnis ēnervārētur et caderet. Certē neque Platō neque Dēmosthenēs ad hoc genus exercitātiōnis accessit!"

Nōn est passus Agamemnōn mē diūtius ōrāre: "Ego magistrōs fateor in hīs exercitātiōnibus peccāre, sed dēbē-
15 mus eīs ignōscere. Nam nisi dīxerint ea quae adulēscentibus placent, ut ait Cicerō, 'sōlī in scholīs relinquentur.' Parentēs culpā dīgnī sunt, quī nōlunt līberōs suōs sevērā lēge discere. Nunc, ut puerī, in scholīs lūdunt; ut iuvenēs, rīdentur in forō."

—adapted from Petronius, *Satyricon* 1–4

VOCABULARY:

schola, -ae, f.: school
quod (conjunction): because
nihil ... sed ... sed ... sed: nothing but ... (but) ... (but) ...
ex hīs: of these things
ūsus, -ūs, m.: use, experience
hominēs ... tyrannōs ... rēgēs: accusative objects describing what the pupils do hear about in school
pīrāta, -ae, m.: pirate
sē: refers to **hominēs** (the people making the plea), not to **pīrātīs**
catēna, -ae, f.: chain
iniciō, -ere, -iēcī, -iectus: to throw into
ēdictum, -ī, n.: decree, edict

quibus imperent: relative clause of purpose
praecīdō, -ere, -cīdī, -cīsus: to cut off *5*
orāculum, -ī, n.: oracle, divine utterance, prophecy
immolō (1): to sacrifice, kill as an offering to the gods
pestilentia, -ae, f.: pestilence, plague
quī ... quī: those who ... those who
oleō, -ēre, -uī: to smell (**bene olēre** = to smell good)
culīna, -ae, f.: kitchen
dēclāmātiō, -ōnis, f.: set theme for a practice speech (**dēclāmātiōnibus** = ablative of means with **effēcērunt**)

effēcērunt ut: "have brought it about that, have caused ... to"
ōrātiō, -ōnis, f.: oratory, speech, eloquence *10*
ēnervō (1): to remove sinews from, weaken
Platō, -ōnis, m.: famous Greek philosopher
Dēmosthenēs, -is, m.: famous Greek orator
exercitātiō, -ōnis, f.: exercise, practice
Agamemnōn, -onis, m.: a rhetorician whom Encolpius meets
ōrāre: to plead (my case)
peccō (1): to sin, make a mistake, go wrong
15

līberī, -ōrum, m. pl.: children
sevērus, -a, -um: strict
ut puerī: as boys (i.e. when they are boys)
lūdō, -ere, lūsī, lūsus: to play
iuvenis, -is, m.: a youth, young adult

HORACE MEETS A BOORISH FELLOW

GRAMMAR ASSUMED:

Conjugation of **Eō**; *Constructions of Place and Time*

WHEELOCK: CHAPTER 37

In his ***Satires*** *the Roman poet Horace pokes gentle fun at the foibles of human nature.*

Ībam Viā Sacrā, ut soleō, cōgitāns dē rēbus meīs. Occurrit quīdam nōtus mihi nōmine tantum, raptāque manū, "Quid agis?" ait. "Suāviter," inquam. Cum ille sequerētur, ego, miserē discēdere quaerēns, modo ībam celerius, modo
5 cōnsistēbam. Ille loquēbātur, viās et Rōmam laudāns. Ut illī nihil respondēbam, "Miserē cupis," inquit, "abīre." "Eō ad aedēs amīcī cuiusdam, longē trāns Tiberim," inquam. "Nihil habeō quod agam, et nōn sum piger; sequar tē." Vēnerāmus ad templum Vestae, quartā iam parte diēī
10 praeteritā, et ad lītem illī respondendum erat; nisi hoc faciat, perdat lītem. "Sī mē amās," inquit, "manē hīc ut mē iuvēs!" "Peream, sī nōvī cīvīlia iūra," inquam. "Quid faciam?" inquit. "Tēne relinquam an lītem?" "Mē." "Nōn faciam." Deinde Aristius Fuscus, mihi cārus amīcus, occur-
15 rit. Manum eius rapiō, nūtāns, distorquēns oculōs, ut mē ēripiat. "Certē habēs aliquid quod vīs loquī mēcum," inquam. "Meminī bene, sed meliōre tempore dīcam; ignōscēs; necesse est mihi abīre." Fugit et mē sub cultrō relinquit. Deinde occurrit illī adversārius: "Quō tū turpis-
20 sime abīs?" magnā vōce clāmat, et "Licet tē antestārī?" Ego oppōnō auriculam. Rapit illum in iūs. Sīc mē servāvit Apollō.

—adapted from Horace, *Satires* 1.9

VOCABULARY:

Via Sacra: Sacred Way, road running through the Roman Forum (**Viā Sacrā** = ablative of the way by which)
occurrō, -ere, -currī, -cursus: to run to meet, run up
nōtus, -a, -um: known, familiar
tantum (adverb): only
miserē (adverb): miserably, terribly much
modo ... modo: now ... now; at one time ... at another time

cōnsistō, -ere, -stitī, -stitus: to stop, halt *5*
aedēs, -ium, f. pl.: house
Tiberis, -is (accusative **Tiberim**), m.: Tiber River
nihil ... quod agam: nothing to do (relative clause of characteristic)
piger, pigra, pigrum: lazy, slow
templum, -ī, n.: temple
Vesta, -ae, f.: Vesta, goddess of the hearth

praetereō, -īre, -iī, -itus: to go by, pass *10*
līs, lītis, f.: lawsuit
sī mē amās: please (idiomatic expression)
respondendum erat: impersonal use of passive periphrastic (literally, "it had to be responded by him")
perdō, -ere, -didī, -ditus: to ruin, lose
cīvīlis, -e: civil
quid faciam? what am I to do? (deliberative subjunctive)
tē ... relinquam? am I to abandon you? (deliberative subjunctive)
-ne: introduces a double question
an: or (introduces second part of a double question)
Aristius Fuscus, -ī, m.: Horace's friend

nūto (1): to nod, gesture *15*
distorqueō, -ēre, -torsī, -tortus: to twist apart, distort
meminī, -isse: to remember (perfect tense used for present)
necesse (indeclinable adjective): necessary
culter, -tri, m.: knife
adversārius, -iī, m.: opponent in a lawsuit
quō (interrogative adverb): to what place, whither?

clāmō (1): to call, cry out *20*
antestor (1): to call as a witness; understand **tē** (= Horace) as object of the infinitive
oppōnō auriculam: "I offer my earlobe for him to touch" to show that Horace agrees to be a witness against the man
Apollō, -linis, m.: Apollo, god of poetry and poets

CICERO SPEAKS ABOUT THE NATURE OF THE SOUL

GRAMMAR ASSUMED:

Relative Clauses of Characteristic;
Dative of Reference; Supines

WHEELOCK: CHAPTER 38

Near the end of his life Cicero wrote the ***Tusculan Disputations,*** *a philosophical discourse examining the essential ingredients of happiness. In the following passage he discusses the divine nature of the soul. These are Cicero's own words with very slight editing: only one short phrase has been omitted.*

Animōrum nūlla in terrīs orīgō invenīrī potest. Nihil enim
est in animīs mixtum atque concrētum, aut quod ex terrā
nātum atque fictum esse videātur, nihil nē aut ūmidum
quidem aut flābile aut igneum. Hīs enim in nātūrīs nihil
5 inest quod vim memoriae, mentis, cōgitātiōnis habeat,
quod et praeterita teneat et futūra prōvideat et complectī
possit praesentia, quae sōla dīvīna sunt. Singulāris est
igitur quaedam nātūra atque vīs animī sēiūncta ab hīs
ūsitātīs nōtīsque nātūrīs. Ita, quicquid est illud quod sentit,
10 quod sapit, quod vīvit, quod viget, caeleste et dīvīnum ob
eamque rem aeternum sit necesse est. Nec vērō deus ipse,
quī intellegitur ā nōbīs, aliō modō intellegī potest nisi mēns
solūta quaedam et lībera, sēgregāta ab omnī concrētiōne
mortālī, omnia sentiēns et movēns ipsaque praedita mōtū
15 sempiternō. Hōc ē genere atque eādem ē nātūrā est hū-
māna mēns.

—adapted from Cicero, *Tusculan Disputations* 1.66

VOCABULARY:

terrīs: i.e. the earth (as opposed to **caelum**); in line 2 **terrā** = earth (in the sense of solid matter)

orīgō, -ginis, f.: source, origin

misceō, -ēre, miscuī, mixtus: to mix, mingle

concrētus, -a, -um: firm, concrete, solid

quod: its antecedent is **nihil**

fingō, -ere, fīnxī, fictus: to form, make, shape

nē ... quidem: strengthens **nihil**

ūmidus, -a, -um: wet, liquid

flābilis, -e: airy

igneus, -a, -um: fiery

nātūrīs: here refers to the four elements (earth, water, air, and fire) of which human beings were thought to be composed

cōgitātiō, -ōnis, f.: deliberation, thought *5*

praeteritus, -a, -um: past, gone by

complector, -plectī, -plexus: to embrace, grasp, comprehend

quae = those abilities described in the **quod** clause

singulāris, -e: singular, unique

sēiūnctus, -a, -um: separated, distinct

ūsitātus, -a, -um: customary, usual, ordinary

nōtus, -a, -um: known, familiar

nātūrīs: here again refers to the four elements

vigeō, -ēre, viguī: to thrive, be lively *10*

caelestis, -e: heavenly, celestial

ob (preposition + accusative): because of, on account of; **ob eamque rem = et ob eam rem**

sit: the subject of **sit** is **quicquid est illud quod ... viget**

necesse (indeclinable adjective): necessary (supply **ut** before **sit**; that **ut** clause is the subject of **necesse est**)

quī intellegitur ā nōbīs: i.e. to the extent that the divine being is grasped by us

nisi mēns ... quaedam: supply **est**

solūtus, -a, -um: loosened, unfettered

sēgregō (1): to segregate, separate

concrētiō, -ōnis, f.: material

praeditus, -a, -um: endowed (with)

motus, -ūs, m.: motion, movement

sempiternus, -a, -um: everlasting, eternal *15*

CICERO EVALUATES TWO FAMOUS ROMAN ORATORS

GRAMMAR ASSUMED:

Gerund & Gerundive

WHEELOCK: CHAPTER 39

M. Antonius and L. Crassus were the leading orators of their age; Cicero, who, as a youth, had heard them speak in the forum, greatly admired their skills and regarded them as exemplars.

M. Antōnius, quasi imperātor cōpiās suās collocāns, omnia verba ponēbat in maximē opportūnīs suae ōrātiōnis partibus. Gestibus nōn verbōrum exprimendōrum, sed sententiārum illūminandārum causā ūtēbātur. Etsī vōx eius
5 subrauca nātūrā, etiam hoc vitium in bonum convertēbātur. Habēbat enim flēbile quiddam aptumque et ad fidem faciendam et ad misericordiam movendam. Ōrātōrī animōrum flectendōrum cupidō āctiōnem necesse est, ut Dēmosthenēs ait, in dīcendō plūrimī aestimāre.
10 Equidem etsī Antōniō tantam laudem dō quantam iam dīxī, tamen in L. Crassō erat summa gravitās, erat cum gravitāte iūncta Latīnē loquendī ēlegantia. Nam ut Antōnius aut sēdandīs animīs aut excitandīs incrēdibilem vim habēbat, sīc in interpretandō, in dēfīniendō, in explicandā
15 aequitāte nēmō erat melior quam Crassus. Id in Māniī Curiī causā cognitum est. Ita enim multa tum contrā scrīptum prō aequitāte Crassus dīxit ut hominem sapientissimum Q. Scaevolam vinceret argūmentōrum exemplōrumque cōpiā. Quārē ēloquentium iūrisperītissimus
20 Crassus, iūrisperītōrum ēloquentissimus Scaevola esse putābātur.

—adapted from Cicero, *Brutus* 139–145

VOCABULARY:

Marcus Antōnius, -iī, m.: orator, consul in 99 B.C.
collocō (1): to arrange, station, deploy
opportūnus, -a, -um: advantageous
gestus, -ūs, m.: gesture
exprimō, -ere, -pressī, -pressus: to represent
illūminō (1): to light up, make clear, adorn
vōx ... subrauca: supply **erat**

subraucus, -a, -um: rather hoarse, husky-sounding *5*
habēbat: supply **vōx** as subject
flēbilis, -e: tearful (**flēbile quiddam** = something doleful)
aptus, -a, -um: fit, suitable (+ **ad** = for)
misericordia, -ae, f.: pity, mercy
flectō, -ere, flexī, flexus: to bend
cupidō: modifies **ōrātōrī**
āctiō, -ōnis, f.: action (of an orator), delivery
necesse est: construe with dative (**ōrātōrī**) and infinitive
Dēmosthenēs, -is, m.: famous Greek orator
plūrimī aestimāre: to consider of very much worth, to regard as most valuable

equidem (adverb): indeed, truly *10*
Lūcius Crassus, -ī, m.: orator, consul in 95 B.C.
gravitās, -tātis, f.: weight, dignity
ut ... sīc: as ... so
sēdō (1): to soothe, calm
excitō (1): to arouse, provoke
interpretor (1): to explain, interpret
dēfīniō, -īre, -īvī, -ītus: to describe exactly, define
explicō (1): to give an account of, unfold

aequitās, -tātis, f.: fairness, spirit of the law *15*
Mānius Curius, -iī, m.: litigant in a famous case
scrīptum, -ī, n.: written law, letter of the law
Quintus Scaevola, -ae, m.: lawyer, consul in 95 B.C.
argūmentum, -ī, n.: proof
exemplum, -ī, n.: example
ēloquēns, -entis: eloquent
iūrisperītus, -a, -um: expert in the law

HANNIBAL AND THE ROMANS FIGHT TO A DRAW

GRAMMAR ASSUMED:

-Ne, Num, *&* **Nōnne** *in Direct Questions;*
Fear Clauses; Genitive & Ablative of Description

WHEELOCK: CHAPTER 40

Livy describes a hostile confrontation between Hannibal, the brilliant Carthaginian general, and the Roman consul Sempronius during the Second Punic War (218–201 B.C.).

Exercitum Hannibalis trānseuntem Appennīnum impediēbat ferōx tempestās: magnus imber ventō mixtus oppugnābat capita mīlitum, qui verēbantur ut tantam vim frīgoris ferre possent. Duōs diēs eō locō sīcut obsessī mānsērunt.
5 Multī hominēs mortuī sunt, multa animālia: etiam periērunt septem elephantī ex iīs quī semper adhūc superāverant.

Dēgressus Appennīnō Hannibal ad Placentiam castra mōvit et decem mīlia passuum prōgressus cōnsēdit. Pos-
10 terō diē duodecim mīlia peditum, quīnque equitum contrā hostem dūcit; nec Semprōnius cōnsul fugit proelium. Atque eō diē tria mīlia passuum inter duo castra fuērunt; posterō diē magnīs animīs pugnāvērunt. Prīmō vīs Rōmānōrum ita superior fuit ut nōn sōlum vincerent, sed
15 pulsōs hostēs in castra sequerentur et castra oppugnārent. Iam nōna diēī hōra erat, cum Rōmānus dux, cum nūlla spēs esset capiendōrum castrōrum, mīlitibus imperāvit ut omnīnō sē reciperent. Hoc ubi Hannibal accēpit, extemplō, equitibus ēmissīs, in hostem ipse cum peditibus ē mediīs
20 castrīs ērūpit. Ācriter pugnātum est, sed nox proelium dirēmit. Ab utrāque parte sescentī peditēs et trecentī equitēs cecidērunt; sed māior Rōmānīs iactūra fuit, quod equestris ōrdinis tot virī et tribūnī mīlitum quīnque et praefectī sociōrum trēs sunt interfectī.

—adapted from Livy 21.58–59

VOCABULARY:

Hannibal, -alis, m.: Carthaginian military leader, enemy of Rome
Appennīnus, -ī, m.: Apennine mountain range in Italy
imber, -bris, m.: rain
frīgus, -oris, n.: cold, coldness
sīcut (adverb): just as, just as if
obsideō, -ēre, -sēdī, -sessus: besiege

5

iīs = eīs
semper adhūc: always up until now
superō (1): to be left over, survive; overcome
dēgredior, -gredī, -gressus sum: to march down from (Hannibal turns back, unable to cross the Apennines in the bad weather)
Placentia, -ae, f.: town on the Po River in Italy
castra, -ōrum, n. pl.: military camp
passus, -ūs, m.: step; **mīlle passūs** = one mile
prōgredior, -gredī, -gressus sum: to march forth (from Placentia)
cōnsīdō, -ere, -sēdī, -sessus: to take up a position, encamp
posterus, -a, -um: subsequent, following, next

pedes, -ditis, m.: foot-soldier, infantryman *10*
eques, -quitis, m.: horseman, cavalryman
Semprōnius, -iī, m.: consul in 218 B.C., who fought Hannibal
proelium, -iī, n.: battle

15

sē recipere: to retreat
accipiō, -ere, -cēpī, -ceptus: to receive (word of), hear
extemplō (adverb): immediately

ērumpō, -ere, -rūpī, -ruptus: to break out, burst out *20*
pugnātum est = pugnāvērunt
dirimō, -ere, -ēmī, -ēmptus: to break off, interrupt
uterque, utraque, utrumque: each (of two), both
cadō, -ere, cecidī, cāsūrus: to fall (dead)
iactūra, -ae, f.: loss, sacrifice
equester, equestris, equestre: equestrian (next after senatorial)
ōrdō, -dinis, m.: class, rank (in Roman society)
tribūnus mīlitum: military tribune, could command a Roman legion
praefectus sociōrum: prefect of the allies, commanded a non-Roman squadron

GLOSSARY

—A—

ā or **ab** (prep. + abl.): away from; by (agent)

abeō, -īre, -iī or **īvī, -itus:** to go away, depart, vanish, pass away, die

absēns, -entis: absent, away

absolvō, -ere, -solvī, -solūtus: to loosen, free

absum, abesse, āfuī, āfutūrus: to be away, be absent

accēdō, -ere, -cessī, -cessus: to come near, approach

accipiō, -ere, -cēpī, -ceptus: to receive, accept; receive word of, hear

accurrō, -ere, -currī, -cursus: to run up to

ācer, ācris, ācre: sharp, keen

acerbus, -a, -um: harsh, bitter

aciēs, -ēī, f.: sharp edge, line of battle

ācriter (adv.): sharply, violently

āctiō, -ōnis, f.: action, delivery

acūmen, -minis, n.: sharpness, cunning, subtlety

acuō, -ere, acuī, acūtus: to sharpen

ad (prep. + acc.): to, up to; near, beside; for

addūcō, -ere, -dūxī, -ductus: to induce, persuade

adhūc (adv.): thus far, hitherto, up until now

adiuvō, -āre, -iūvī, -iūtus: to help, encourage, sustain

administrō (1): to manage, take charge of, execute

admoneō, -ēre, -uī, -itus: to admonish, remind, suggest, warn, urge

adsideō, -ēre, assēdī, assessus: to sit near

adsum, -esse, -fuī, -futūrus: to be present, be near; be present to help, assist; appear, come

adulēscēns, -entis: young; (as a noun, m. or f.) young person, youth

adventus, -ūs, m.: approach, arrival

adversārius, -iī, m.: adversary, opponent in a lawsuit

adversus, -a, -um: opposite, in front, unfavorable, hostile

advocātus, -ī, m.: advocate, legal counselor

aedēs, -ium, f. pl.: house

aequitās, -tātis, f.: fairness, spirit of the law

aes aliēnum, aeris aliēnī, n.: debt, another's money
aestimō (1) (+ gen.): to estimate, value, regard
aetās, -tātis, f.: lifetime, age, generation; **istud aetātis:** that of age, i.e. at that age of yours
aeternus, -a, -um: eternal, everlasting, immortal, imperishable
ager, -grī, m.: field, ground, farm
agō, -ere, ēgī, āctus: to drive; **agere vītam:** to live, spend one's life
agricola, -ae, m.: farmer
āh (interjection): ah! oh!
āiō, ais, ait, āiunt (defective verb): to say, say yes, affirm
albus, -a, -um: white
aliquī, -qua, -quod: some, any
aliquis, aliquid (indef. pron.): someone, somebody, something
aliquō (adv.): to some place
alius, -a, -ud: another, different
alō, -ere, -uī, altus or **alitus:** to feed, nourish, rear, support
alter, altera, alterum: the other; **alter ... alter:** the one ... the other
ambulō (1): to walk
amīca, -ae, f.: friend
amīcitia, -ae, f.: friendship
amīcus, -a, -um: friendly
amīcus, -ī, m.: friend
āmittō, -ere, -mīsī, -missus: to lose
amō (1): to love
amor, -ōris, m.: love, object of love
āmoveō, -ēre, -mōvī, -mōtus: to move away
an (conj. introducing 2nd part of double question): or
anima, -ae, f.: air, breath of life, spirit, mind
animal, -ālis, n.: animal, living creature
animus, -ī, m.: soul, mind; pl.: high spirits, courage
annus, -ī, m.: year
ante (prep. + acc.): before
anteā (adv.): before, earlier
antestor (1): to call as witness
antīquitās, -tātis, f.: antiquity, primitive virtue
antīquus, -a, -um: ancient, old
aperiō, -īre, aperuī, apertus: to open
aptus, -a, -um: fit, suitable
arbitror (1): to decide, judge, think, suppose

arbor, -oris, f.: tree
arca, -ae, f.: box, chest
arduus, -a, -um: steep, difficult, hard
argūmentum, -ī, n.: proof
arma, -ōrum, n. pl.: arms, weapons
ars, artis, f.: skill, craft
arx, arcis, f.: citadel, fortress
as, assis, m.: copper coin of little weight, "penny"
asīlus, -ī, m.: gadfly
aspectus, -ūs, m.: look, glance
aspiciō, -ere, -spēxī, -spectus: to catch sight of, see
at (conj.): but (more emotional than **sed**)
atque or **ac:** and, and also, and even
attentē (adv.): attentively
auctōritās, -tātis, f.: authority
audāx, -ācis: bold, daring
audeō, -ēre, ausus sum: to dare
audiō, -īre, -īvī, -ītus: to hear, listen to
aureus, -a, -um: golden
auricula, -ae, f.: earlobe
auscultō (1): to listen to, hear
aut (conj.): or; **aut ... aut:** either ... or
autem (conj.): but, however
auxilium, -iī, n.: aid, assistance
avis, avis, f.: bird

—B—

bāsium, -iī, n.: a kiss
beātus, -a, -um: happy, prosperous, rich
bellum, -ī, n.: war, battle
bellus, -a, -um: pretty, handsome, charming
bēlua, -ae, f.: beast
bene (adv.): well; **bene est:** it goes well, things go well
beneficium, -iī, n.: kindness, favor, benefit, service, help, support
bibō, -ere, bibī: to drink
bonus, -a, -um: good
bōs, bovis, m. or f.: ox, cow; pl.: cattle
bracchium, -iī, n.: arm

brevis, -e: short, brief
brevitās, -tātis, f.: brevity, smallness, shortness

—C—

cadō, -ere, cecidī, cāsūrus: to fall
caecus, -a, -um: blind
caedēs, -is, f.: slaughter, massacre
caelestis, -e: heavenly, celestial
caelum, -ī, n.: heaven, sky
canis, -is, m. or f.: dog
cantus, -ūs, m.: song, birdcall
capiō, -ere, cēpī, captus: to take, seize, reach, arrive at
captīvus, -a, -um: captive, taken in war
caput, -pitis, n.: head
careō, -ēre, -uī, -itūrus (+ abl.): to be without, miss, keep away from, be free from, want, lack
cārus, -a, -um: dear, beloved
cāseus, -ī, m.: cheese
castīgō (1): to punish, chastise
castra, -ōrum, n. pl.: military camp
catēna, -ae, f.: chain
cauda, -ae, f.: tail
causa, -ae, f.: cause, reason, lawsuit, case; **causā** + preceding gen.: for the sake of, on account of
cavea, -ae, f.: cage
caverna, -ae, f.: cave
cēdō, -ere, cessī, cessus: to grant, concede, yield, depart, pass away, die
celer, celeris, celere: quick, speedy
celeritās, -tātis, f.: speed, swiftness, haste
celeriter (adv.): quickly, speedily
cēna, -ae, f.: dinner, meal
centum (indecl.): one hundred
centum vīgintī (indecl.): one hundred twenty
certē (adv.): surely, certainly
certus, -a, -um: certain, particular, definite, sure, dependable
cerva, -ae, f.: deer, hind
cēterus, -a, -um: the other; pl.: the others, the remaining, the rest
cicāda, -ae, f.: cricket, grasshopper

cingō, -ere, cīnxī, cīnctus: to gird, encircle
cinis, -neris, m.: ash, ashes
cīvīlis, -e: civil
cīvis, -is, m. or f.: citizen, fellow citizen
clāmō (1): to call, cry out
clārus, -a, -um: bright, famous, illustrious
coepī, coepisse, coeptus (defective verb): to begin
cōgitātiō, -ōnis, f.: deliberation, thought
cōgitō (1): to think, consider, ponder, plan
cognōscō, -ere, -nōvī, -nitus: to recognize
collocō (1): to place, arrange, station
collum, -ī, n.: neck
colō, -ere, coluī, cultus: to cultivate, cherish, worship
committō, -ere, -mīsī, -missus: to connect, unite, commit, entrust; engage in (battle)
commūnis, -e: common, public, universal, familiar, shared
complector, -plectī, -plexus sum: to embrace, grasp, comprehend
concordia, -ae, f.: harmony, concord
concrētiō, -ōnis, f.: a growing together, material
concrētus, -a, -um: firm, concrete, solid
concurrō, -ere, -currī, -cursus: to run together, unite, strike one another, engage in combat
condō, -ere, -didī, -ditus: to hide, conceal
cōnferō, -ferre, -tulī, collātus: to bring together, contribute, discuss, talk over; **sē cōnferre:** to betake oneself, go
cōnficiō, -ere, -fēcī, -fectus: to complete, finish
cōnfīrmātiō, -ōnis, f.: a verifying of facts, an adducing of proofs
cōnsequor, -sequī, -secūtus sum: to acquire
cōnservō (1): to preserve
cōnsīdō, -ere, -sēdī, -sessus: to take up a position, encamp
cōnsilium, -iī, n.: plan, consultation; meeting for deliberation, planning session
cōnsistō, -ere, -stitī, -stitus: to stop, halt
cōnsul, -ulis, m.: consul, one of the two chief magistrates of the Roman state under the Republic
contemnō, -ere, -tempsī, -temptus: to despise, make light of
contentus, -a, -um (+ abl.): content, satisfied (with)
contineō, -ēre, -tinuī, -tentus: to hold or keep together, confine, contain
contrā (prep. + acc.): against

conturbō (1): to throw into confusion, put into disorder

convertō, -ere, -vertī, -versus: to cause to turn back, convert, transform

cōpia, -ae, f.: supply, abundance; pl.: troops, armed forces

cōpiōsus, -a, -um: abundant, rich, full

coquō, -ere, coxī, coctus: to cook

cornū, -ūs, n.: horn, trumpet

corpus, -poris, n.: body

corrumpō, -ere, -rūpī, -ruptus: to seduce, corrupt

crēdō, -ere, -didī, -ditus (+ dat.): to believe, trust, confide in, put trust in

crūdēlis, -e: cruel

cubiculum, -ī, n.: bedroom

culīna, -ae, f.: kitchen

culpa, -ae, f.: fault, blame

culpō (1): to blame, censure

culter, -tris, m.: knife

cum (prep. + abl.): with; (conj.): when, since, although

cupidus, -a, -um (+ gen.): desirous, fond (of)

cupiō, -ere, -īvī or **iī, -ītus:** to wish, be eager for, desire

cūr (relat. adv.): for which reason; (interrog. adv.): why? for what reason?

cūra, -ae, f.: care, anxiety

cūriōsus, -a, -um: curious, inquisitive

currō, -ere, cucurrī, cursus: to run, hurry

currus, -ūs, m.: chariot

curvus, -a, -um: curved, bent

custōs, -tōdis, m.: guard, watchman

—D—

dē (prep. + abl.): down from; about, concerning

dea, -ae, f.: goddess

dēbeō, -ēre, -uī, -itus: to owe; (+ inf.) have to, ought to

decem (indecl.): ten

dēclāmātiō, -ōnis, f.: declamation, set theme for a practice speech

dēdicō (1): to dedicate, consecrate

dēditus, -a, -um: addicted to, given over to

dēdūcō, -ere, -dūxī, -ductus: to lead away, dissuade

dēfīniō, -īre, -īvī, -ītus: to describe exactly, define

dēgredior, -gredī, -gressus sum: to march down from
deinde (adv.): (of place) from there; (of time) then, thereafter
dēlectō (1): to delight, charm, please
dēleō, -ēre, -ēvī, -ētus: to destroy, annihilate, extinguish
dēmum (adv.): at last, now, in the end (final stage of an argument)
dēnique (adv.): and then, finally, last (in a list of points)
dēnsus, -a, -um: thick, condensed, concise
dēpōnō, -ere, -posuī, -positus: to lay aside, put down
dēsīderō (1): to desire, miss, long for
deus, -ī, m.: god
dīcō, -ere, dīxī, dictus: to say, speak; **cāusam dīcere:** to plead a case
dictātor, -ōris, m.: dictator
diēs, -ēī, m. or f.: day, time, period
difficilis, -e: difficult, hard
dīgnus, -a, -um (+ abl.): worthy (of)
dīligēns, -entis: careful, diligent
dīligentius (adv.): more carefully
dīligō, -ere, -lēxī, -lēctus: to love, esteem
dirimō, -ere, -ēmī, -ēmptus: to break off, interrupt
discēdō, -ere, -cessī, -cessus: to go away, depart, separate
discipulus, -ī, m.: pupil, student
discō, -ere, didicī: to learn
discordia, -ae, f.: discord, disagreement, sometimes personified as a goddess
dissentiō, -īre, -sēnsī, -sēnsus: to disagree
dissolvō, -ere, -solvī, -solūtus: to free, free from debt
distorqueō, -ēre, -torsī, -tortus: to twist apart, distort
diū (adv.): for a long time
diūtissimē (adv.): for a very long time
diūturnus, -a, -um: long, long-lasting
dīversitās, -tātis, f.: difference, diversity
dīves, -vitis: rich, wealthy
dīvīnus, -a, -um: divine
dīvitiae, -ārum, f. pl.: riches, wealth
dō, dare, dedī, datus: to give, offer
doceō, -ēre, docuī, doctus: to teach
dolor, -ōris, m.: pain, grief
domus, -ūs or **-ī,** f.: house, building, home, residence

dōnum, -ī, n.: gift, present
dormiō, -īre, -īvī, -ītus: to sleep, be asleep
dubitō (1): to doubt, be doubtful, hesitate
dūcō, -ere, dūxī, ductus: to draw, pull, lead, guide, command
dulcis, -e: sweet, pleasant, delightful
dum (conj.): while, as long as
duo, duae, duo: two
duodecim (indecl.): twelve
dux, ducis, m.: leader

—E—

ē or **ex** (prep. + abl.): (of space) out from within; (of time) from, following
ēdictum, -ī, n.: decree, edict
edō, -ere, ēdī, ēsus: to eat
efficiō, -ere, -fēcī, -fectus: to bring about, achieve, make, form
effingō, -ere, -fīnxī, -fictus: to express, represent
ego, meī, mihi, mē, mē: I, me
ēlegantia, -ae, f.: elegance, refinement
elephantus, -ī, m.: elephant
ēligō, -ere, -lēgī, -lēctus: to choose
ēloquēns, -entis: eloquent
ēloquentia, -ae, f.: eloquence
ēmittō, -ere, -mīsī, -missus: to release, send out
ēnervō (1): to remove sinews from, weaken
enim (postpos. conj.): for, truly
eō, īre, iī or **īvī, itus:** to go, walk, sail, ride
epulae, -ārum, f. pl.: feast, banquet
eques, -quitis, m.: horseman, cavalryman
equester, equestris, equestre: relating to horsemen, equestrian, relating to the Roman Knights
equidem (adv.): indeed, truly
equitātus, -ūs, m.: cavalry
equus, -ī, m.: horse
ērigō, -ere, -rēxī, -rēctus: to raise up, excite, arouse
ēripiō, -ere, -ripuī, -reptus: to snatch away, pull out, rescue, deliver
errō (1): to err, wander
ērumpō, -ere, -rūpī, -ruptus: to break out, burst out
et (conj.): and; **et ... et:** both ... and

etiam (adv): also, even
etsī (conj.): even if, although
excitō (1): to arouse, provoke
exclāmō (1): to cry out, call out
excūsātiō, -ōnis, f.: way of making amends, means of apologizing
exemplum, -ī, n.: sample, example, model
exercitātiō, -ōnis, f.: exercise, practice
exercitus, -ūs, m.: army
exōrō (1): to win over (by begging), appease
expellō, -ere, -pulī, -pulsus: to banish, expel
explicō (1): to give an account of, unfold
expōnō, -ere, -posuī, -positus: to set forth, explain
exprimō, -ere, -pressī, -pressus: to represent, portray, express
exspectō (1): to wait for, expect
exstinguō, -ere, -stīnxī, -stīnctus: to extinguish, put out, destroy, kill, abolish, annul
extemplō (adv.): immediately
extraōrdinārius, -a, -um: not common, beyond the norm
extrēmus, -a, -um: extreme, outermost, at the end

—F—

fābula, -ae, f.: story, tale
facile (adv.): easily
facinus, -oris, n.: deed, act
faciō, -ere, fēcī, factus: to make, do
factum, -ī, n.: deed, act
falsus, -a, -um: mistaken, wrong, false, deceitful
fāma, -ae, f.: rumor, report, reputation
fateor, fatērī, fassus sum: to admit, acknowledge, disclose, reveal
fēlīciter (adv.): fruitfully, abundantly, favorably, luckily, happily
fēlīx, -īcis: fruit-bearing, fertile, happy, lucky, successful
fēmina, -ae, f.: woman
ferō, ferre, tulī, lātus: to bear, carry, produce, endure, acquire
ferōx, -ōcis: fierce, savage
ferrum, -ī, n.: iron, sword
fidēlis, -e: faithful, loyal
fidēliter (adv.): faithfully, loyally, securely
fidēs, -eī, f.: trust, faith, reliance, confidence, belief

fīlia, -ae, f.: daughter
fīlius, -iī, m.: son
fingō, -ere, fīnxī, fictus: to form, fashion, make
fīnis, -is, m.: boundary, border, limit, end, purpose
fīō, fierī, factus sum: to come into being, arise, become
flābilis, -e: airy
flamma, -ae, f.: flame
flēbilis, -e: tearful, doleful
flectō, -ere, flexī, flexus: to bend
fleō, -ēre, flēvī, flētus: to weep
flōs, flōris, m.: flower
flūmen, -minis, n.: river
flūxus, -a, -um: flowing, changeable
fōrma, -ae, f.: form, shape
formīca, -ae, f.: ant
fortis, -e: strong, mighty, brave
fortiter (adv.): strongly, vigorously, firmly, bravely
fortūna, -ae, f.: fortune, luck
fortūnātus, -a, -um: lucky
forum, -ī, n.: forum, the center of political, judicial, and commercial activities in Roman cities
fragilis, -e: fragile, perishable
frāter, -tris, m.: brother
frīgus, -oris, n.: cold, coldness
frūctus, -ūs, m.: produce, fruit, proceeds, profit, reward
fruor, fruī, frūctus sum (+ abl.): to enjoy, delight in
fugiō, -ere, fūgī, fugitūrus: to escape, leave, run away, avoid
fundō, -ere, fūdī, fūsus: to pour forth
futūrus, -a, -um: future

—G—

galea, -ae, f.: helmet
garriō, -īre, -īvī, -ītus: to babble, make incomprehensible sounds
gemma, -ae, f.: jewel, gem
gēns, gentis, f.: clan, stock, tribe, nation, offspring
genus, -eris, n.: kind, sort
gerō, -ere, gessī, gestus: to carry on, wage

gestus, -ūs, m.: gesture
gignō, -ere, genuī, genitus: to produce, give birth to
glōria, -ae, f.: glory, fame
grātia, -ae, f.: grace, charm, pleasantness, thanks, gratitude; **grātiās agere** (+ dat.): to give thanks (to)
gravis, -e: heavy, troublesome, hard, grave, serious
gravitās, -tātis, f.: weight, dignity
graviter (adv.): deeply, severely

—H—

habēna, -ae, f.: strap; pl.: reins
habeō, -ēre, -uī, -itus: to have, hold, possess; consider, regard (as)
hasta, -ae, f.: spear
hic, haec, hoc (demonstr. adj. & pron.): this
hīc (adv.): here
homō, -minis, m. or f.: human being, person, man
honor, -ōris, m.: honor, public office, esteem; **honōre habēre:** to hold (someone) in respect, to esteem
horridus, -a, -um: shaggy, rough, unpolished
hospitālis, -e: relating to a guest
hostis, -is, m.: enemy
hūmānus, -a, -um: human
humus, -ī, f.: ground, earth, soil

—I—

iaciō, -ere, iēcī, iactus: to lay, build, establish, throw, cast, fling
iactūra, -ae, f.: loss, sacrifice
iam (adv.): now, already; **iam nōn:** no longer; **iam vērō:** furthermore
ibi (adv.): there, in that place; then, on that occasion
īdem, eadem, idem: the same
identidem (adv.): repeatedly, again and again
igitur (postpos. conj.): therefore, consequently
igneus, -a, -um: fiery
ignis, -is, m.: fire, conflagration
ignōrō (1): to ignore, not know, not acknowledge
ignōscō, -ere, -nōvī, -nōtus (+ dat.): to pardon, overlook
ille, illa, illud (demonstr. adj. & pron.): that
illūminō (1): to light up, make clear, adorn
imāgō, -ginis, f.: image, reflection

imber, -bris, m.: rain
immeritō (adv.): undeservedly, unjustly
immō (adv.): no, on the contrary; rather
immolō (1): to sacrifice, kill as an offering to the gods
immortālis, -e: immortal
immortālitās, -tātis, f.: immortality
impedīmentum, -ī, n.: hindrance, baggage
impediō, -īre, -īvī, -ītus: to hinder, get in the way
imperātor, -ōris, m.: general, commander-in-chief
imperium, -iī, n.: command, order, authority
imperō (1) (+ dat.): to order, command, govern, rule
impetus, -ūs, m.: attack, assault
impotēns, -entis: out of control, immoderate
in (prep. + abl.): in, on; (prep. + acc.): into, against, toward
incertus, -a, -um: uncertain, vague, obscure, doubtful, dubious
incipiō, -ere, -cēpī, -ceptus: to begin, start
incrēdibilis, -e: incredible
incultus, -a, -um: unsophisticated, not cultured
indoctus, -a, -um: uneducated, ignorant
iners, -ertis: inactive, idle
īnfīrmus, -a, -um: weak, ill
ingenium, -iī, n.: inborn talent, character, nature
ingēns, -entis: huge
iniciō, -ere, -iēcī, -iectus: to throw into
inīquus, -a, -um: unfair, unjust
inquam (defective verb): I say; **inquit:** he says, one says, it is said
īnscītia, -ae, f.: ignorance
īnsequor, -sequī, -secūtus sum: to pursue, follow after
īnsidiae, -ārum, f. pl.: ambush, plot
īnsipienter (adv.): foolishly
īnsolenter (adv.): arrogantly
īnsula, -ae, f.: island
īnsum, inesse, īnfuī, īnfutūrus: to be in, be found in (a place)
intellegō, -ere, -lēxī, -lēctus: to understand, perceive
intentus, -a, -um (+ abl.): intent (on)
inter (prep. + acc.): among, between
intereā (adv.): meanwhile
interficiō, -ere, -fēcī, -fectus: to destroy, kill

interim (adv.): meanwhile, in the meantime
interpretor (1): to explain, interpret
intersum, -esse, -fuī, -futūrus: to lie between, be present
invādō, -ere, -vāsī, -vāsus: to rush in, fall upon, seize
inveniō, -īre, -vēnī, -ventus: to find, discover
ipse, ipsa, ipsum (intensive pron.): himself, herself, itself, etc.
īra, -ae, f.: ire, anger
is, ea, id (demonstr. adj. & pron.): this, that, he, she, it
iste, ista, istud (demonstr. adj. & pron.): that, that of yours
ita (adv.): in such a way, thus, so
itaque (adv.): and so, accordingly
iterum (adv.): again
iubeō, -ēre, iussī, iussus: to order, appoint, designate
iūcunditās, -tātis, f.: pleasantness, delight, charm
iūcundus, -a, -um: pleasant, delightful, agreeable
iūdex, -dicis, m.: judge, juror
iūdicium, -iī, n.: trial, court, decision, judgment
iugum, -ī, n.: yoke
iungō, -ere, iūnxī, iūnctus: to join
iūrisperītus, -a, -um: expert in the law
iūrō (1): to swear, take an oath
iūs, iūris, n.: right, justice, law court
iūstus, -a, -um: fair, just
iuvenis, -is: young; **iuvenis, -is,** m. or f., young person, youth
iuvō, -āre, iūvī, iūtus: to help, aid
iūxtā (adv.): near, close, next to, on a par with, similar

—L—

labor, -ōris, m.: labor, work, toil
labōrō (1): to work, labor
lacus, -ūs, m.: lake
laetus, -a, -um: happy, joyful
lāna, -ae, f.: wool; **dūcere lānam:** to spin wool
lateō, -ēre, -uī: to lie hidden, hide
laudō (1): to praise
laus, laudis, f.: praise, fame, merit, worth
lēgātus, -ī, m.: legate, ambassador
legiō, -ōnis, f.: legion, unit of the Roman army

legō, -ere, lēgī, lēctus: to gather, collect, pick out, choose, read
leō, -ōnis, m.: lion
levis, -e: light, fickle, unimportant, trivial
lēx, lēgis, f.: law, bill, motion, statute, rule, regulation, principle
līber, lībera, līberum: free
liber, -brī, m.: book
līberī, -ōrum, m. pl.: children
līberō (1): to set free, release
licet, -ēre, -uit (impers. + dat. & infin.): it is permitted, one may
ligneus, -a, -um: of wood, wooden
līs, lītis, f.: lawsuit
littera, -ae, f.: letter (of the alphabet); pl.: epistle, letter; literature
locus, -ī, m.: place, spot
longē (adv.): far, far off, long way off, away, distant
longus, -a, -um: long
loquor, loquī, locūtus sum: to speak
lūdō, -ere, lūsī, lūsus: to play
lūdus, -ī, m.: game, school
lūx, lūcis, f.: light, light of day, daylight

—M—

magis (adv.): more, rather
magister, -trī, m.: master, teacher
magnus, -a, -um: large, great, important
māiōrēs, -um, m. pl.: ancestors, forefathers
mālō, mālle, māluī: to wish rather, prefer
malum, -ī, n.: bad thing, evil, misfortune
mālum, -ī, n.: apple
malus, -a, -um: bad, wicked, evil
maneō, -ēre, mānsī, mānsus: to stay, wait, remain
manus, -ūs, f.: hand; band, company; force, violence
mare, maris, n.: sea
māter, -tris, f.: mother
mātrimōnium, -iī, n.: marriage
maximus, -a, -um: very great, greatest (superlative of **magnus**)
medius, -a, -um: middle, central, the middle of
membrum, -ī, n.: limb, part of the body
meminī, -isse (defective verb): to remember

memoria, -ae, f.: memory
mēns, mentis, f.: mind, thought
mēnsa, -ae, f.: table
mēnsis, -is, m.: month
merx, mercis, f.: merchandise, goods
metuō, -ere, metuī: to fear
metus, -ūs, m.: fear, anxiety, apprehension
meus, -a, -um: my
mīles, mīlitis, m.: soldier, infantryman
mīlia, -ium, n. pl.: thousands
mīlle (indecl.): one thousand
minor, minus: smaller, less
mīror (1): to be amazed at, be surprised at, look at with wonder, admire
misceō, -ēre, -uī, mixtus: to mix, mingle
miser, misera, miserum: poor, wretched, miserable, unhappy
miserē (adv.): miserably, terribly much
misericordia, -ae, f.: pity, mercy
mittō, -ere, mīsī, missus: to send, let fly, throw; omit, not mention; **mittere ad hōrās:** to send (someone) to find out the time
modus, -ī, m.: measure, size, limit; rhythm, meter; method, way, manner, mode; **modo ... modo:** now ... now; at one time ... at another time
moenia, -ium, n. pl.: walls
moneō, -ēre, -uī, -itus: to remind, warn, advise, point out
mora, -ae, f.: delay
morior, morī, mortuus sum: to die
mors, mortis, f.: death, destruction
mortālis, -e: mortal, human; **mortālis, -is,** m. or f.: a mortal, a human being
mortuus, -a, -um: dead
mōs, mōris, m.: habit, custom, manner; pl.: habits, character
mōtus, -ūs, m.: motion, movement
moveō, -ēre, mōvī, mōtus: to move, arouse
mūgītus, -ūs, m.: lowing, bellowing, mooing
multitūdō, -dinis, f.: great number, multitude, crowd, throng
multus, -a, -um: much, many
mundus, -ī, m.: world, earth, heavens
mūniō, -īre, -īvī, -ītus: to fortify

mūrus, -ī, m.: wall, city wall
mūtō (1): to change, exchange

—N—

nam (conj.): for
narrō (1): to tell, relate, narrate, recount
nāscor, nāscī, nātus sum: to be born, spring forth
nātūra, -ae, f.: nature
nauta, -ae, m.: sailor, mariner
nāvigō (1): to sail
nāvis, -is, f.: ship
nē (conj. introducing subj.): that ... not; **nē ... quidem** (adv.): not ... even
-ne: enclitic added to the emphatic word at the beginning of a question
necesse (indecl.): necessary
necō (1): to kill
neglegō, -ere, -lēxī, -lēctus: to neglect, disregard
negōtium, -iī, n.: business, affair
nēmō, nūllīus, nēminī, nēminem, nūllō/ā, m. or f.: no one, nobody
neque or nec (conj.): and not; **neque ... neque:** neither ... nor
nesciō, -īre, -īvī, -ītus: to not know, be ignorant
niger, nigra, nigrum: black
nihil or **nīl**, n. (indecl.): nothing
nimis (adv.): too much
nimium (adv.): too, too much, very, very much
nisi (conj.): if not, unless, except
nītor, nītī, nīsus sum: to strive, make an effort
nōlō, nōlle, nōluī: to not want, not wish, refuse
nōmen, -minis, n.: name
nōn (adv.): not; **nōn sōlum** ... **sed (etiam**): not only ... but (also)
nōndum (adv.): not yet
nōnne: introduces a question expecting a positive answer
nōnus, -a, -um: ninth
nōs, nostrum or **nostrī, nōbīs, nōs, nōbīs:** we, us
nōscō, -ere, nōvī, nōtus: to become acquainted with; (in perfect tense) know
noster, nostra, nostrum: our, ours
nōtus, -a, -um: known, familiar
novem (indecl.): nine

novus, -a, -um: new, recent, strange
nox, noctis, f.: night
nūbēs, -is, f.: cloud, mist
nūllus, -a, -um: none, no
num: introduces a question expecting a negative answer
numerus, -ī, m.: number
numquam (adv.): never
nunc (adv.): now
nūptiae, -ārum, f. pl.: wedding
nūtō (1): to nod, gesture
nympha, -ae, f.: nymph

—O—

ō (interjection): oh! O!
ob (prep. + acc.): because of, on account of
oboediēns, -entis (+ dat.): obedient
obses, -sidis, m. or f.: hostage
obsideō, -ēre, -sēdī, -sessus: besiege
occidō, -ere, -cidī, -cāsus: to fall down, die, set (referring to the sun)
occupātus, -a, -um: occupied, busy
occupō (1): to seize, occupy
occurrō, -ere, -currī, -cursus: to run to meet, run up
oculus, -ī, m.: eye
offerō, -ferre, obtulī, oblātus: to offer, bring forward
officium, -iī, n.: duty, service
oleō, -ēre, -uī: to smell
ōlim (adv.): at that time, once, formerly
omnīnō (adv.): wholly, entirely
omnis, -e: all, every
onus, -neris, n.: burden
oppōnō, -ere, -posuī, -positus: to put, place, station, present; match
opportūnus, -a, -um: advantageous
opprimō, -ere, -pressī, -pressus: to press down, weigh down, put pressure on, suppress, subdue
oppugnō (1): to attack, assault
ops, opis, f.: help, aid; pl.: power, might, resources
optimus, -a, -um: best (superlative of **bonus**)
optō (1): to choose, wish for, desire
ōrāculum, -ī, n.: oracle, divine utterance, prophecy

ōrātiō, -ōnis, f.: speech, language, style, oration
ōrātor, -ōris, m.: orator, speaker, spokesman
ōrātōrius, -a, -um: oratorical
ōrdō, -dinis, m.: rank, order, socio-economic class; arrangement of ideas
orīgō, -ginis, f.: source, origin
ōrnāmentum, -ī, n.: decoration, fancy clothing
ōrō (1): to beg, entreat, plead, plead with
ōscitō (1): to yawn
ōsculum, -ī, n.: kiss
ostendō, -ere, ostendī, ostentus: to show, exhibit, display; reveal, disclose, declare
ōtium, -iī, n.: leisure, free time, ease, idleness, inactivity
ovis, -is, f.: sheep

—P—

pār, paris (+ dat.): equal, like
parcō, -ere, pepercī, parsūrus (+ dat.): to spare, use sparingly, use carefully
parēns, -entis, m. or f.: parent
pāreō, -ēre, -uī (+ dat.): to obey, be obedient to
parō (1): to prepare, make ready, provide, furnish
pars, partis, f.: part, portion, share
parvus, -a, -um: small, little
passus, -ūs, m.: step; **mīlle passūs:** a mile
patēns, -entis: open, accessible, extensive
pater, -tris, m.: father
patior, patī, passus sum: to allow, permit, suffer
patria, -ae, f.: fatherland, native land
paucī, -ae, -a: few, a few
pauper, -eris: poor, scanty, meager; m.: a poor man, a pauper
pāvō, -ōnis, m.: peacock
pāx, pācis, f.: peace
peccō (1): to sin, make a mistake, go wrong
pecūnia, -ae, f.: money
pecus, -oris, n.: cattle, herd
pedes, -ditis, m.: foot-soldier, infantryman
pellō, -ere, pepulī, pulsus: to push, beat, strike, knock, drive out, repel

pendō, -ere, pependī, pēnsus (+ gen.): to weigh, value, regard
per (prep. + acc.): through; **per sē:** by oneself, on one's own authority
perdō, -ere, -didī, -ditus: to ruin, lose
peregrīnor (1): to travel around, sojourn
pereō, -īre, -iī or **-īvī, -itus:** to pass away, pass on, die
perfectus, -a, -um: complete, finished, perfect, excellent
perīculum, -ī, n.: danger, risk
perpetuus, -a, -um: perpetual
persuādeō, -ēre, -suāsī, -suāsus (+ dat.): to persuade, convince
perturbō (1): to disturb, throw into confusion
pēs, pedis, m.: foot
pestilentia, -ae, f.: pestilence, plague
philosophia, -ae, f.: philosophy, love of wisdom
piger, pigra, pigrum: lazy, slow
pīrāta, -ae, m.: pirate
placeō, -ēre, -uī, -itus (+ dat.): to please, be pleasing to, satisfy
plānē (adv.): plainly, completely
plaustrum, -ī, n.: wagon, cart
plēnus, -a, -um: full
plūrimus, -a, -um: very much, most (superlative of **multus**)
plūs, plūris: more (comparative of **multus**)
poena, -ae, f.: penalty, punishment; **poenās dare:** to pay the penalty
poēta, -ae, m.: poet
polītus, -a, -um: polished, refined
pondus, -deris, n.: weight, authority
pōnō, -ere, posuī, positus: to put, place; fix, post
pōns, pontis, m.: bridge
populus, -ī, m.: a people, the people, nation
porta, -ae, f.: city gate, gate, entrance
possessiō, -ōnis, f.: possession, occupation, estate
possum, posse, potuī: to be able
post (adv.): afterwards
post (prep. + acc.): after (time); behind (place)
posterus, -a, -um: subsequent, following, next; m. pl.: descendants, posterity
potēns, -entis: powerful, strong
potius (adv.): rather, preferably

praecīdō, -ere, -cīdī, -cīsus: to cut off

praeclārus, -a, -um: very clear, very nice, splendid, noble

praeda, -ae, f.: loot

praeditus, -a, -um (+ abl.): endowed (with)

praefectus sociōrum: prefect of the allies, officer who commanded squadrons composed of non-Roman citizens

praemittō, -ere, -mīsī, -missus: to send out ahead, send in advance

praemium, -iī, n.: reward

praesentia, -ium, n. pl.: present circumstances

praesentiō, -īre, -sēnsī, -sēnsus: to perceive beforehand

praestō, -stāre, -stitī, -stitus: (+ dat.) to excel, be superior to; (+ acc.) show, exhibit, display

praetereō, -īre, -iī or **-īvī, -itus:** to pass by, go by, pass over, omit, elapse

premō, -ere, pressī, pressus: to press, squeeze, chase, attack

prex, precis, f.: prayer

prīmus, -a, -um: first, foremost

prō (prep. + abl.): before, in front of, instead of, on behalf of, for

procul (adv.): far away

proelium, -iī, n.: battle

profectō (adv.): assuredly

prōficiō, -ere, -fēcī, -fectus: to make progress

prōgredior, -gredī, -gressus sum: to march forth, advance

prohibeō, -ēre, -uī, -itus: to hold back, check, hinder, prevent, forbid

prōnus, -a, -um: bent forward

propinquitās, -tātis, f.: nearness, proximity

prōpōnō, -ere, -posuī, -positus: to put forward, propose, set before

propter (prep. + acc.): near, on account of, because of, for the sake of

prōvideō, -ēre, -vīdī, -vīsus: to see to, provide for

prōvolō (1): to fly out, rush forth

pudet, -ēre, -uit (impers. + infin.): it makes one ashamed, it is shameful

pudīcitia, -ae, f.: chastity, modesty, honor, virtue

pudīcus, -a, -um: chaste, modest, virtuous

puella, -ae, f.: girl

puer, puerī, m.: boy

pugnō (1): to fight, do battle

pulcher, pulchra, pulchrum: beautiful

putō (1): to think, ponder, consider, suppose

—Q—

quaerō, -ere, quaesīvī, quaesītus: to look for, search for, try to obtain

quam (adv.): how; (conj.): than; (with superl.): as ... as possible

quamquam (conj.): although

quantus, -a, -um (relat. adj.): as great, as much; (interrog. adj.): how great? how much?

quārē (adv.): wherefore, why

quartus, -a, -um: fourth

quasi (adv. & conj.): as if, as it were

quattuordecim (indecl.): fourteen

querulus, -a, -um: prone to complain (about trifles)

quī, quae, quod (relat. pron. & interrog. adj.): who, which, what, that

quīcumque, quaecumque, quodcumque (indef. pron.): whoever, whatever

quīdam, quaedam, quiddam (indef. pron.) or **quoddam** (indef. adj.): (as pron.) a certain one or thing, someone, something; (as adj.) a certain, a kind of

quidem (adv.): indeed

quiēs, -ētis, f.: rest, repose

quīnque (indecl.): five

quis, quid (indef. pron. after **sī, nisi, nē,** and **num**): someone, something, anyone, anything

quis? quid? (interrog. pron.): who? what?

quisquam, quicquam (indef. pron.): anyone, anything

quisque, quaeque, quodque (indef. pron.): each

quisquis, quicquid (indef. pron.): whoever, whatever

quō (rel. adv.): to which place; (interrog. adv.): to what place? whither?

quod (conj.): because; **quod sī:** but if

quondam (adv.): once, at one time

quoniam (conj.): because, seeing that, since

—R—

rapiō, -ere, rapuī, raptus: to snatch

rāstrum, -ī, n.: rake, toothed hoe

ratiō, -ōnis, f.: calculation, consideration, reason, method

recipiō, -ere, -cēpī, -ceptus: to keep back, keep in reserve, withdraw

rēctus, -a, -um: straight, right, proper

reddō, -ere, -didī, -ditus: to give back, repeat

redeō, -īre, -iī or **-īvī, -itus:** to go back, return

rēgia, -ae, f.: palace
rēgnō (1): to be king, reign, rule
regō, -ere, rēxī, rēctus: to rule
relinquō, -ere, -līquī, -lictus: to leave behind
remaneō, -ēre, -mānsī, -mānsus: to remain
remōtus, -a, -um: removed, distant, remote
rēs, reī, f.: thing, matter, affair, object; **rēs pūblica:** state, government
respondeō, -ēre, -spondī, -spōnsus: to answer
restituō, -ere, -stituī, -stitūtus: to restore
reveniō, -venīre, -vēnī, -ventus: to come again, return, come back
revocō (1): to call back, recall, withdraw (troops)
rēx, rēgis, m.: king
rīdeō, -ēre, rīsī, rīsus: to laugh at, ridicule, smile upon
rōbustus, -a, -um: strong, hardy
rogō (1): to ask, inquire
rūgōsus, -a, -um: wrinkled
rūmor, -ōris, m.: talk, rumor, popular opinion, fame, reputation
rursus (adv.): back, back again
rūsticus, -a, -um: rustic, rural, simple

—S—

sacerdōs, -dōtis, m.: priest; f.: priestess
saepe (adv.): often
saevus, -a, -um: fierce, violent, savage
saltem (adv.): at least
salūs, -ūtis, f.: health, welfare, prosperity, safety
salveō, -ēre: to be well; **salvē** or **salvēte:** hello!
salvus, -a, -um: safe, unhurt
sanguis, -inis, m.: blood, bloodshed
sapientia, -ae, f.: wisdom
sapiō, -ere, sapīvī: to taste, have flavor; be wise, have understanding
satis (indecl.): enough
scelus, -eris, n.: wicked deed, crime, wickedness, calamity
schola, -ae, f.: school
scientia, -ae, f.: knowledge, skill
sciō, scīre, scīvī, scītus: to know
scopulus, -ī, m.: rock, cliff
scrībō, -ere, scrīpsī, scrīptus: to write, draw
sēcēdō, -ere, -cessī, -cessus: to withdraw, retire

secō, -āre, secuī, sectus: to cut up
secundus, -a, -um: following, next, second
sed (conj.): but
sēdō (1): to soothe, calm
sēgregō (1): to segregate, separate
sēiūnctus, -a, -um: separated, distinct
semel (adv.): once
semper (adv.): always
sempiternus, -a, -um: everlasting, eternal
senātor, -tōris, m.: senator
senātus, -ūs, m.: senate, senate session
senectūs, -tūtis, f.: old age
senēscō, -ere, senuī: to grow old
senex, senis: aged, old; (as a noun, m.) old man
sententia, -ae, f.: opinion, view
sentiō, -īre, sēnsī, sēnsus: to perceive, notice
septem (indecl.): seven
sequor, sequī, secūtus sum: to follow, escort, accompany, pursue
sermō, -ōnis, m.: conversation, talk
serpēns, -entis, m. or f.: snake, sea-serpent
serviō, -īre, -īvī, -ītus: to serve, be devoted to, be a servant or slave
servitium, -iī, n.: service, servitude
servitūs, -tūtis, f.: slavery, servitude
servō (1): to preserve, protect
servus, -ī, m.: slave
sescentī, -ae, -a: six hundred
sevērus, -a, -um: strict
sex (indecl.): six
sī (conj.): if
sīcut or **sīcutī** (adv. or conj.): just like, just as, just as if
significō (1): to show, indicate, point out
signum, -ī, n.: sign, proof
silentium, -iī, n.: silence; **silentium significāre:** to signal for silence, call for silence
sileō, -ēre, -uī: to leave unmentioned, say nothing about
silva, -ae, f.: forest, woods
similis, -e (+ gen. or dat.): similar, resembling, like
similiter (adv.): similarly

simul (adv.): at the same time
sincērē (adv.): sincerely, honestly
sine (prep. + abl.): without
singulāris, -e: singular, unique
sinō, -ere, sīvī, situs: to allow
situs, -a, -um: situated, placed, located
sōl, sōlis, m.: the sun
soleō, -ēre, solitus sum: to be in the habit of, be accustomed
sōlum (adv.): only, merely; **nōn sōlum ... sed (etiam):** not only ... but (also)
sōlus, -a, -um: alone, only
solūtus, -a, -um: loosened, unfettered
somnus, -ī, m.: sleep
spectō (1): to look at, regard
spēlunca, -ae, f.: cave, grotto
spērō (1): to hope for, expect, look forward to, trust
spēs, speī, f.: hope, expectation, apprehension
splendor, -ōris, m.: brightness, shine
stagnum, -ī, n.: pool of water
statua, -ae, f.: statue
stilus, -ī, m.: stylus, instrument for writing on wax tablets
strangulō (1): to strangle, choke
studeō, -ēre, -uī (+ dat.): to desire, be eager for, study, apply oneself
studium, -iī, n.: eagerness, keenness, devotion
stultus, -a, -um: foolish
suāvis, -e: sweet, pleasant
sub (prep. + abl.): under, beneath; (prep. + acc.): along under
subraucus, -a, -um: rather hoarse, husky-sounding
subsellium, -iī, n.: bench, seat (in the lawcourt)
subtīlis, -e: fine, thin, precise
_____**, suī, sibi, sē, sē** (reflex. pron.): himself, herself, itself, themselves
sum, esse, fuī, futūrus: to be, exist
sūmō, -ere, sūmpsī, sūmptus: to take up, lay hold of
super (prep. + acc. or abl.): above, on top of
superbus, -a, -um: haughty, proud
superior, -ius: more advanced, stronger
superō (1): to be left over, overcome, conquer, survive

supplicō (1) (+ dat.): to pray to
surgō, -ere, -rēxī, -rēctus: to rise
suscēnseō, -ēre, -cēnsuī, -cēnsus: to be angry
suscipiō, -cipere, -cēpī, -ceptus: to undertake, catch, support, pick up, resume
suspendō, -ere, -pendī, -pēnsus: to hang up, suspend
suus, -a, -um: his, her, its, their (own)

—T—

taceō, -ēre, -uī, -itus: to be silent
tam (adv.): so; **tam diū dum:** so long as
tamen (adv.): yet, nevertheless, still
tangō, -ere, tetigī, tāctus: to touch, handle, taste
tantum (adv.): only
tantus, -a, -um: of such size, so great
taurus, -ī, m.: bull
tempestās, -tātis, f.: weather, storm
templum, -ī, n.: temple, shrine, sanctuary
temptō (1): to try (out), test
tempus, -oris, n.: time
teneō, -ēre, -uī, tentus: to hold
terra, -ae, f.: earth, ground, land
terreō, -ēre, -uī, -itus: to frighten, scare
testis, -is, m. or f.: witness, eye-witness
tignum, -ī, n.: log, stick, trunk of a tree
timeō, -ere, -uī: to fear, be afraid of
timor, -ōris, m.: fear, alarm, dread
tolerō (1): to bear, tolerate
tollō, -ere, sustulī, sublātus: to lift, raise; abolish, destroy
tot (indecl. adj.): so many
tōtus, -a, -um: whole, entire
tractō (1): to drag, pull; treat, handle, manage
trādō, -ere, -didī, -ditus: to hand down
trādūcō, -ere, -dūxī, -ductus: to lead across, bring over
trahō, -ere, trāxī, tractus: to lead, drag, draw
trāns (prep. + acc.): across, over
trānseō, -īre, -iī or **-īvī, -itus:** to go across, cross, pass through
trecentī, -ae, -a: three hundred
trēs, tria: three
tribūnal, -ālis, n.: raised platform for magistrates' chairs

tribūnus mīlitum: military tribune, officer who could command a legion in the Roman army

tū, tuī, tibi, tē, tē: you (singular)

tuba, -ae, f.: trumpet, war-trumpet

tum (adv.): then, at that time

tundō, -ere, tutudī, tūnsus: to hit, strike

turpis, -e: ugly, deformed, foul, dirty, obscene, disgraceful

tuus, -a, -um: your, yours (singular)

tyrannus, -ī, m.: tyrant

—U—

ubi (rel. adv. & conj.): where, when; (interrog. adv.): where?

ultimus, -a, -um: last, final

ūmidus, -a, -um: wet, liquid

umquam (adv.): ever, at any time

ūnus, -a, -um: one

urbs, urbis, f.: city

ūsitātus, -a, -um: customary, usual, ordinary

ūsus, -ūs, m.: use, experience

ut or **utī** (adv. or conj. introducing indic. or subj.): as, just as, when, that, so that, in order that

uter, utra, utrum: which (of two)

uterque, utraque, utrumque: each (of two), either one

utinam (conj.): if only, would that (introducing a wish)

ūtor, ūtī, ūsus sum (+ abl.): to use, make use of, enjoy; practice, experience

utrum ... an or **utrum ... -ne:** whether ... or

uxor, -ōris, f.: wife

—V—

valeō, -ēre, -uī, -itūrus: to be strong, have power, be well; **valē** or **valēte:** good-bye!

vector, -ōris, m.: passenger, seafarer

vehementius (adv.): more emphatically

vel (conj.): or

vēlum, -ī, n.: sail

velut or **velutī** (adv. or conj.): just as, just like, even as, as if

veniō, -īre, vēnī, ventus: to come

venter, -tris, m.: stomach, belly
ventus, -ī, m.: wind
verbum, -ī, n.: word
vereor, -ērī, veritus sum: to be afraid of, fear
vēritās, -tātis, f.: truth, reality, truthfulness, honesty
vērō (adv.): in truth, indeed
versus, -ūs, m.: turning; line, verse
vertō, -ere, vertī, versus: to turn, change
vērus, -a, -um: true, real
vester, vestra, vestrum: your, yours (plural)
vexillum, -ī, n.: military banner, flag, standard
via, -ae, f.: way, road, street
vīcīnus, -a, -um: neighboring
victima, -ae, f.: sacrificial beast, victim
vīctus, -ūs, m.: food, sustenance, means of living
videō, -ēre, vīdī, vīsus: to see, look at
videor, -ērī, vīsus sum: to seem, seem best
vigeō, -ēre, -uī: to thrive, be lively
vigilō (1): to be awake, be vigilant; **vigilāns, -antis:** watchful, diligent
vīgintī (indecl.): twenty
vincō, -ere, vīcī, victus: to conquer, vanquish, get the better of
vīnum, -ī, n.: wine
vir, virī, m.: man, hero
virgō, -ginis, f.: maiden, young girl
virtūs, -tūtis, f.: manliness, strength, valor, virtue
vīs, vīs, f.: force, power
vīta, -ae, f.: life
vitium, -iī, n.: fault, vice, crime
vituperō (1): to blame, censure
vīvō, -ere, vīxī, vīctus: to live
vīvus, -a, -um: living, running, fresh
vocō (1): to call, summon
volō, velle, voluī: to want, wish; **volēns, -entis:** willing, ready
volō (1): to fly
voluptās, -tātis, f.: pleasure, enjoyment, delight
vōs, vestrum or **vestrī, vōbīs, vōs, vōbīs:** you (plural)
vōx, vōcis, f.: voice

A Comprehensive Guide to Wheelock's Latin

Dale A. Grote

A Tried and True Escort through Wheelock

A study guide that expands and explains important grammatical concepts that the Wheelock text presents too briefly for many contemporary students.

• Fuller grammatical explanations • Useful, short exercises (with answer key) • Additional etymological information • Companion website

xix + 307 pp. (2000, reprint 2003 with corrections in new 6" x 9" format)
Paperback, ISBN 978-0-86516-486-4

Vocabulary Cards and Grammatical Forms Summary for Wheelock's Latin

Richard A. LaFleur and Brad Tillery

• Perforated sheets of 877 numbered vocabulary cards, arranged chapter by chapter, according to *Wheelock's Latin* • Easily assembled storage • Alphabetical list of all Latin vocabulary entries • Grammatical forms summaries from *Wheelock's Latin,* for fast and easy reference

200 pp. (cards are perforated, 1 7/8" x 3 5/16") (2003) Paperback, ISBN 978-0-86516-557-1

Readings from Wheelock's Latin

Mark Robert Miner (readings and performances)
Richard A. LaFleur (producer), editor

A 4-CD audio package, with recitation (in Restored Classical Pronunciation) of all vocabulary and paradigms for the 40 chapters of *Wheelock's Latin,* dramatic readings of *Sententiae Antiquae* and narrative passages, and brief representative selections from the *Loci Antiqui.*

4 CD package, (2006) ISBN 978-0-86516-638-7

Cumulative Chapter Vocabulary Lists for Wheelock's Latin, 6th Edition

Richard A. LaFleur and Brad Tillery

Cumulative vocabulary lists for all 40 chapters, sorted by part of speech. English meanings are included, as are macrons and accents.

vi + 282 pp (2006) 6" x 9" Paperback, ISBN 978-0-86516-620-2

Wheelock's Latin GrammarQuick!

Richard A. LaFleur and Brad Tillery

A quick and complete overview of Latin grammar on six durably coated hole-punched cards. Arranged by part of speech, with summaries of all forms and the most common syntax, including case uses and subjunctive clauses.

12 pp. (2007), 8.5" X 11" 6 double-sided, laminated cards, ISBN 978-086516-666-0

Bolchazy-Carducci Publishers, Inc.
www.BOLCHAZY.com

TRANSITIONAL READERS

VERGIL
A LEGAMUS Transitional Reader
Thomas J. Sienkewicz & LeaAnn A. Osburn
xxiv + 136 pp. (2004)
8½" x 11" Paperback, ISBN 978-0-86516-578-6

CATULLUS
A LEGAMUS Transitional Reader
Kenneth F. Kitchell & Sean Smith
xxx + 160 pp. (2006)
8½" x 11" Paperback, ISBN 978-0-86516-634-9

HORACE
A LEGAMUS Transitional Reader
Ronnie Ancona & David J. Murphy
xxiv + 192 pp. (2008)
8½" x 11" Paperback, ISBN 978-0-86516-677-9

OVID
A LEGAMUS Transitional Reader
Caroline Perkins & Denise Davis-Henry
xxiv + 132 pp. (2008)
8½" x 11" Paperback, ISBN 978-0-86516-604-2

LITTLE BOOK OF
LATIN LOVE POETRY
A Transitional Reader for Catullus, Horace, and Ovid
John Breuker & Mardah Weinfeld
x + 124 pp (2006)
8½" x 11" Paperback, ISBN 978-0-86516-601-1

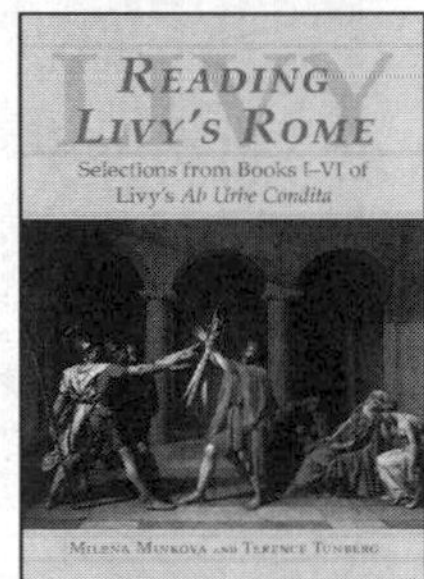

READING LIVY'S ROME
Selections from Books I–VI of Livy's *Ab Urbe Condita*
Milena Minkova & Terence O. Tunberg
Student Text: xii + 276 pp. (2005)
6" x 9" Paperback, ISBN 978-0-86516-550-2

Teacher's Guide: vi + 114 pp. (2005)
6" x 9" Paperback, ISBN 978-0-86516-600-4

CAESAR: INVASION OF BRITAN
W. Welch and C. G. Duffield
Illus., xxiii + 97 pp. (1884, Reprint 2000)
Paperback, ISBN 978-0-86516-334-8

ROME AND HER KINGS
Livy I: Graded Selections
W. D. Lowe and C. E. Freeman
Maps, 110 pp. (1988, Reprint 2000)
Paperback, ISBN 978-0-86516-450-5

BOLCHAZY-CARDUCCI PUBLISHERS, INC.
www.BOLCHAZY.com